W0266377

Le langage des fleurs

ERIKA BOYER

Le langage des fleurs. Copyright © Erika Boyer, 2017

Tous droits réservés, y compris de reproduction, d'adaptation et de traduction, intégrale ou partielle, et sous n'importe quelle forme.

Cette histoire et ses personnages sont fictifs, toute ressemblance avec des personnes vivantes ou ayant existé serait totalement fortuite.

Couverture : Éléonore Christien
http://eleonorechristien.wixsite.com/arts

Correction texte : Caroline Lacombe

Première publication : le 21 juin 2017

ISBN : 9781521057124

« You know, I'm always going back to this place. »
— **One Direction**

À mon amie Pauline, qui partage mon goût pour la bonne romance contemporaine (non pas que celle-ci en soit). À la plus jolie fleur que je connaisse, ma maman. Et à toutes les femmes qui veulent aimer sans s'oublier.

Partie 1

UN

ROSE

L'été pointe à peine le bout de son nez et nous sommes loin d'avoir foule dans nos commerces. Lacanau est l'endroit rêvé pour passer des vacances chaudes et endiablées, un point de rendez-vous pour les jeunes de la région mais aussi pour les familles qui veulent profiter du soleil du Sud-Ouest. Mais les lieux ne sont pas plaisants qu'en été, ils le sont toute l'année. J'aime le silence qui règne sur les nuits d'hiver, seulement brisé par le bruit des vagues qui explosent sur les rochers. J'aime me promener sur la plage quand il fait assez beau pour apprécier une balade mais trop frais pour profiter de l'eau. Et par-dessus tout, j'aime regarder l'horizon depuis la route qui longe la plage, et ce, n'importe quand dans l'année.

Depuis ma boutique, j'aperçois la puissance de l'océan Atlantique sans même avoir à quitter le pas de ma porte et j'adore cette image. Il n'est pas encore huit heures, les rues sont calmes car rares sont les touristes ayant déjà pris possession du camping ou des locations disponibles, j'ai donc amplement le temps d'apprécier mon thé et de sourire à l'horizon s'étalant devant mes yeux.

J'ai repris le commerce de mon père il y a cinq ans – à sa mort – et c'est assez rentable. Même s'il n'est pas dans la rue commerçante à proprement parler, il se trouve en plein centre, là où tous les touristes se promènent entre deux baignades ou bains de soleil. La plupart des boutiques avoisinantes sont dans le domaine de la restauration et je suis donc un des premiers magasins de vêtements visibles lorsqu'on remonte les escaliers venant de la plage. Je continue à présenter les modèles créés par mon père quelques années plus tôt, tout en réalisant de nouvelles choses régulièrement. Avec l'aide de Stecy, l'employée saisonnière qui me seconde chaque été depuis trois ans, j'ai agrandi la collection. Nous veillons à proposer des produits à la mode mais réalisés avec précision comme on me l'a enseigné. Mon père était très habile de ses doigts et s'il avait toujours besoin de moi pour la comptabilité, personne ne l'égalait dans le domaine de la couture. J'ai toujours eu beaucoup d'admiration pour lui et je porte moi-même fièrement ses créations. Je considère que l'élève que j'étais n'a certainement pas atteint le maître mais je travaille avec acharnement pour le rendre fier de sa fille, où qu'il soit.

Plongée dans mes pensées, je ne constate l'arrivée de mon amie et employée que lorsqu'elle me serre dans ses bras, manquant de renverser ma tasse. Ses bras se referment autour de moi et je l'étreins à mon tour avec beaucoup d'émotion. J'adore cette jeune femme au physique atypique mais si attractif. Elle fait toujours preuve de beaucoup de tendresse à mon égard et je me nourris de ses gestes affectueux.

— Je suis tellement heureuse de te revoir, Stecy !

— Et moi donc ! Presque dix mois loin de toi c'est aussi presque dix mois à supporter l'air obstrué de Paris et crois-moi, c'est loin d'être plaisant.

— Je sais, j'y ai vécu, ris-je.

Elle se détache de moi en souriant et sa tête cendrée laisse place à ses magnifiques yeux couleur océan. Je pourrais m'y noyer. Je lui envie ce beau visage ainsi que son teint hâlé et je ne doute pas que cette année encore une large partie de notre clientèle sera masculine. Mais tous ignorent que Stecy ne se laisse pas approcher, par aucun homme.

J'invite mon amie à entrer et à se mettre à l'aise. Il y a très peu de clients en juin et je sais que nous passerons les premières journées tranquilles. La soirée sera animée par le feu d'artifice et beaucoup viendront jusqu'ici pour la fête de la musique, mais l'été ne vibrera réellement qu'à la mi-juillet. À ce moment-là, les campings seront pleins et on y entendra les cris joyeux des enfants qui profitent des vacances. Les surfeurs domineront l'océan et les touristes brûleront sur la plage. La plupart des familles passeront devant ma boutique, une glace à la main, et nombreuses langues pourront être entendues tout au long de l'été.

— Comment ça se passe à la capitale ? En dehors de la pollution, bien sûr !

Nous nous mettons à rire et nous installons sur les tabourets présents derrière le comptoir en bois que nous avons bâti, elle et moi, l'an passé.

— Plutôt bien, je me plains mais Paris est quand même une ville bourrée d'avantages. Mais franchement, je donnerais cher pour vivre ici.

— En dehors de l'été, Lacanau est une commune plutôt morte, surtout Lacanau-Océan d'ailleurs. Tu es jeune, Paris est sûrement plus adaptée à ton style de vie.

— Tu dis ça comme si tu avais vingt ans de plus que moi, je te signale que tu n'as que vingt-sept ans. Si mes calculs sont bons, ça fait seulement deux années de différence !

— Trois, tu n'as pas encore vingt-cinq ans, jeunette !

— Écoutez la vieille…

Stecy est une jeune femme plutôt simple, c'est toujours un plaisir de discuter avec elle. J'aime sa fraîcheur mais aussi son grand cœur et son humour. C'est une véritable bouffée d'air frais, une brise rafraîchissante en prévision d'un été brûlant.

— Cette année je ne suis pas venue seule.

Je l'interroge du regard, curieuse d'en savoir plus.

— Mon frère a fait le chemin avec moi, du coup on partage une location. Il a trouvé un poste de maître-nageur sauveteur. Franchement, je m'inquiète pour les touristes.

— Rassure-moi, il sait nager ? dis-je en riant.

Elle fait de même.

— Oui, mais il n'est pas franchement attentif. J'espère qu'il réalisera que quelqu'un se noie devant lui si ça arrive... De toute façon, je ne comprends pas pourquoi il n'a pas postulé pour être prof de surf, il en fait très bien et il adore ça ! Mais non, il préfère s'asseoir sur une chaise et ne rien faire de l'été. C'est tout lui, ça.

Je lui lance un regard très parlant en nous désignant toutes les deux, assises sur des tabourets, à ne rien faire, ce qui lui fait hausser les épaules et lui décroche un sourire.

— À propos de surf, le vieux monsieur toujours fâché a revendu l'école de surf, repris-je.

— Non ?! On ne va plus avoir à le supporter, alors ?

— Nope. C'est mon cousin qui a racheté, il faudra que je te le présente, un de ces jours.

Nous continuons à discuter de tout et de rien quelques minutes puis nous commençons à installer la boutique qui ouvre à neuf heures trente. Lorsque tout est mis en place, nous nous penchons sur d'éventuels nouveaux modèles à proposer mais sommes interrompues par le facteur.

— Vous êtes bien matinal !

— Rose, je vous ai vue siroter votre thé alors que le jour était à peine levé, qui croyez-vous berner ?

J'offre un sourire à l'homme mature qui livre le courrier à Lacanau depuis plusieurs années, peut-être même avant que je ne vois le jour. Il me tend une enveloppe marquée d'une écriture que je reconnais immédiatement et que je mets à la poubelle sans perdre de temps. Stecy me questionne du regard et je n'ai qu'à prononcer « Justin Anderson » pour qu'elle sache que cet être abject continue à me harceler pour racheter ma boutique. Il s'acharne depuis que l'ancien propriétaire a préféré vendre à mon père plutôt qu'à lui. Il y voit de l'injustice mais le vieil homme était très épris de ma grand-mère et il était de toute façon ravi de nous vendre ses locaux plutôt que de les céder à ce noir personnage. Depuis, il ne cesse de m'ennuyer et ne comprend pas que c'est peine perdue. Je ne m'attarde donc pas sur ce courrier et m'empare d'un superbe magnolia blanc autour duquel un petit mot est accroché. « *J'aurais toujours le plus grand des respects pour la personne que tu es.* » Stecy passe sa tête au-dessus de mon bras pour lire la carte et regarder la fleur.

— Un admirateur ?

— Aucune idée, c'est peut-être Mikael.

— Il ne sait pas ce qu'est le respect, se renfrogne-t-elle.

— Stecy…

— Non, tu sais ce que je pense de lui.

Je soupire. J'ai effectivement connaissance de son opinion négative sur mon petit ami.

— Je m'estime heureuse d'avoir quelqu'un pour m'aimer.

— Tu mérites mieux, Rose.

Je mets un terme à une discussion inévitablement stérile et dépose la jolie fleur sur le comptoir avant d'inviter mon amie à se mettre au travail. La saison commence.

DEUX

ETHAN

Du haut de ma chaise haute, je tente vainement d'obtenir une barre de réseau. L'océan étant vide, à l'exception de deux surfeurs qui pratiquent en dehors de ma zone de surveillance, j'essaye de trouver une occupation. En constatant que je suis condamné à me passer de mon téléphone lorsque je suis en service, je peste mentalement contre ma sœur. Elle m'a entraîné avec elle à Lacanau, convaincue que l'air marin me ferait le plus grand bien, mais je n'en suis pas si sûr. J'ai repéré de charmantes demoiselles pour m'aider à supporter ces deux mois qui s'annoncent trop chauds pour être agréables, mais aucune n'arrivera à me faire oublier que je n'ai pas le moindre réseau sur la plage et que les journées vont être terriblement longues et ennuyeuses. Aucune, sauf peut-être une, mais celle-ci, il me faut l'éviter, je ne la sens pas aventureuse. Je devine cette jolie sirène un brin romantique et à la recherche d'un prince charmant inexistant. Et moi, je n'ai absolument rien de l'homme de contes de fées. Ni le physique, ni l'attitude. J'ai vu un stéréotype princier plus tôt dans la matinée, justement. Mais s'il a un physique royal, son comportement est des plus rebutants. J'aime flirter, toutefois, lui est à un tout autre niveau. Il n'hésite pas à embrasser une blonde tout en palpant une brune qui passe à côté. Un vieux porc, mais en jeune.

Lorsque mon collègue pointe le bout de son nez, je saute de ma chaise, me souciant peu de la hauteur, et lui serre la main avant de rentrer. Stecy et moi louons un appartement qu'elle prend apparemment chaque année depuis qu'elle fait les saisons ici. Il se trouve dans une des rues derrière les commerces et comme nous travaillons tous les deux dans le centre de Lacanau-Océan, nous perdons peu de temps en déplacements.

Je retrouve ma sœur assise sur le sol du salon et tout son matériel éparpillé autour de ses jambes.

— T'es vraiment bordélique…

— Pas plus que toi. Mais, moi au moins, je ne laisse pas mes sous-vêtements sales partout. Sérieux, Ethan.

— Je marque mon territoire.

— T'es répugnant…

De quatre ans ma cadette, ma sœur m'a toujours semblé bien plus mature que moi. Mais derrière cette image de femme forte et indépendante se cache encore une part de l'adolescente brisée qu'elle a été. Sa fragilité est à peine visible mais je ne l'oublie jamais, parce que je ne peux effacer les sombres images de notre passé. Et si elle semble parfois être l'aînée, c'est tout de même elle qui vient se réfugier dans mes bras quand les cauchemars la réveillent ou que ses démons la pourchassent, parfois même en pleine journée.

— Tu vas au feu d'artifice ? me demande-t-elle en se replongeant dans sa feuille.

— Je vais aller y faire un tour, vite fait, et toi ?

— Non, ça m'intéresse pas. Et puis je suis encore fatiguée de la route. On a quand même roulé plus de huit heures.

— Et tu as dormi pendant six d'entre elles.

— Et ta musique de fou m'a réveillée toutes les trente minutes !

— Si tu considères qu'il faut être fou pour écouter de la bonne musique, alors je suis fou.

— Tu es totalement dérangé, ça, c'est un fait.

Ma sœur et moi ne partageons absolument pas les mêmes goûts en matière de musique. En dépit de son physique un peu excentrique qui colle avec son goût pour le rock joué au violon, elle aime aussi la pop commerciale et les belles ballades. Elle trouve du réconfort dans des voix douces mais puissantes qui dégagent, selon elle, beaucoup d'émotion. Quant à moi, je libère ma frustration et mes sentiments négatifs en me délectant de voix graves presque hurlantes. Je ne suis pas contre des pistes plus calmes, moins violentes, mais je refuse d'écouter ce que Stecy apprécie. Si j'étais honnête avec moi-même, je dirais que j'ai trop peur de me briser sur une de ces chansons et de ne pas réussir à recoller les morceaux.

Après avoir pris une douche et avoir jeté mon caleçon sur la table basse, je file en vitesse, poursuivi par le doux hurlement de ma sœur. « T'es mort Ethan, putain ! Ne rentre même pas ce soir, tu dors dehors ! » Stecy et son goût prononcé pour la propreté et le dramatique. Ce n'est qu'un caleçon après tout. J'arrive sur la plage où je salue Samantha de loin, une ravissante créature que j'ai rencontrée la veille, dans un bar. Si ma sœur est tombée comme une masse une fois arrivée, j'ai préféré sortir m'amuser un peu. J'ai rencontré une jolie brune, tout à fait mon style, et j'ai appris qu'elle travaillait au camping d'à côté tout en faisant quelques extras dans le bar. Elle ne manque pas de courage quand juste quelques heures me semblent être un calvaire. Je n'ai pas un poil dans la main, je travaille durement toute l'année pour aider ma mère, et ma sœur en fait autant, mais l'été est synonyme de farniente et je me maudis d'avoir accepté de suivre ma cadette. Je ne suis pas là depuis un jour que je regrette déjà amèrement ma faiblesse face à Stecy.

Malgré le nombre conséquent de personnes présentes, mon regard la trouve elle, la sirène. J'observe ses longs cheveux châtains onduler sous le vent et sa petite robe suivant elle aussi le mouvement. La femme sur laquelle mon cœur a craqué la veille, et que j'ai décidé d'éviter, est juste là, à quelques mètres de moi. Elle salue de nombreuses personnes et j'en déduis qu'elle habite ici si elle est familière avec tant de monde. Je suis néanmoins surpris de constater qu'elle connaît le faux prince que j'ai aperçu le matin, je ne pensais pas qu'elle pourrait être liée d'une quelconque façon à un homme comme ça. Quelle désagréable surprise ai-je lorsqu'elle l'embrasse… Me suis-je trompé sur toute la ligne à son sujet ? Peut-être ne recherche-t-elle pas un prince charmant mais bien un bel amant. Mon intuition a failli, je lui en veux, mais surtout, je lui en tiens rigueur à elle. Sans que je puisse l'expliquer, je la juge responsable du sentiment désagréable qui vient de s'emparer de moi en la voyant si proche de lui. Je devrais détourner le regard, continuer ma route et faire comme si rien de tout ça n'avait d'importance (c'est le cas, non ?) mais je ne peux m'abstenir d'observer ce couple. Je constate que le type ne se permet pas de toucher une autre femme, cette fois. Ce qui ne l'empêche pas de regarder ce qu'il y a au menu alors qu'il tient au creux de ses bras celle qui semble être sa petite amie. Je suis agacé et je ne sais pas pourquoi, une combinaison qui me déplaît plus que cela ne le devrait.

Je le vois lui dire quelque chose et elle se détache pour remonter la plage vers la rue. Mes pieds s'activent d'eux-mêmes et la suivent jusqu'à se planter à côté des siens dans la file d'une boutique de restauration. Ce chien a envoyé sa copine lui chercher à manger à quelques minutes du feu d'artifice, élégant. Mais c'est ma chance d'aborder cette fille dont le visage revient chaque fois que je ferme les paupières, depuis hier. Si elle aime les aventures d'un soir, je la ferai mienne, et si elle est assez fade pour sortir avec un mec comme celui qui était à son bras, alors mon intérêt déclinera et je pourrai tourner la page de ce livre entamé la veille. Je refuse de gâcher mon été à fantasmer sur une femme qui n'est sûrement pas aussi plaisante que mon esprit aime l'imaginer.

— Tu vas manquer le début, susurré-je à l'oreille de la belle inconnue.

Elle sursaute et se retourne vers moi. Ses yeux bleu gris se plongent dans les miens et j'en ai le souffle coupé.

— Vous m'avez fait peur, dit-elle tout bas.

— Oublions le vouvoiement, je n'aime pas ce genre de barrière lorsque j'ai une si belle femme en face de moi.

Je la sens surprise, presque gênée et je fonds devant ses joues rougies. Elle est bien plus jolie de près.

— Je suis désolée mais j'ai un petit ami.

— Il doit être bien petit pour envoyer la femme qu'il aime lui chercher à manger. Est-il dans l'incapacité de marcher ?

— Pardon ?

Je m'attendais à ce qu'elle baisse le regard, j'imaginais peut-être même la voir s'enfuir, mais elle n'en fait rien. Elle se tient droite, les sourcils froncés et je constate qu'elle n'est pas une pauvre petite chose. J'attends avec impatience qu'elle me remette à ma place. Ce qu'elle fait.

— Je ne sais pas qui vous êtes…

— Tu.

— Je ne sais pas qui TU es mais si tu crois que tu peux te tenir là et me juger sans que je dise un mot, dis-toi bien que tu t'es trompé de personne.

— Un problème, Rose ? raisonne une voix masculine de derrière le comptoir.

Alors elle s'appelle Rose, quel prénom magnifique.

— Tout va bien, ce monsieur allait partir, répond-elle en plantant son regard glacial dans le mien.

Je lève les mains en l'air en signe de reddition et recule d'un pas. Je fais demi-tour et m'apprête à regagner la plage mais je m'arrête presque aussitôt avant de me retourner vers elle. Ses beaux yeux sont toujours sur moi et, dans un sourire, je déclare « J'aime tes épines, Rose, mais un jour tu me laisseras te cueillir ». L'été ne sera peut-être pas si ennuyeux, après tout.

TROIS

ROSE

Je suis choquée, comme jamais je ne l'ai été. Non pas par l'attitude à la limite de l'irrespect de l'homme, mais par mon cœur qui bat à un rythme trop effréné pour cacher qu'il n'est pas en accord avec ma tête. J'ai bien conscience que le comportement de cet inconnu est tout sauf acceptable, je lui ai répondu en conséquence, mais cet organe vital dans ma poitrine semble s'être déconnecté de la partie rationnelle de mon être. Je me suis noyée dans l'océan de ses yeux et, un instant, j'ai entendu nos cœurs battre en rythme. Cela n'a aucun sens, j'en suis consciente. Je peine pourtant à faire disparaître les frissons qui me parcourent et je mets un peu de temps à me reconnecter avec le monde réel.

Je prends en vitesse les frites que mon ami commerçant me tend et efface ses questions d'un geste de la main avant de rejoindre Mikael sur la plage. Je me remets avec difficulté de cette rencontre inattendue et je ne peux m'empêcher de chercher le bel inconnu dans la foule. Mon petit ami me fait part de son mécontentement à trouver de la sauce dans ses frites alors que, selon ses dires, je sais qu'il n'en prend jamais. Mais je me fiche de ce qu'il raconte, je suis ailleurs, jusqu'à ce qu'il me saisisse le bras un peu brutalement, me faisant gémir. Il s'excuse immédiatement et m'embrasse.

— Pardon, bébé. Tu sais que je suis facilement irritable.

— Surtout quand tu bois…

— C'est la fête de la musique, roucoule-t-il en m'embrassant dans le cou. J'ai le droit.

Je déteste qu'il se montre si tactile en public mais je ne dis rien, ne voulant pas gâcher sa soirée et donc la mienne par la même occasion. Le feu d'artifice a commencé avant même que je ne revienne sur le sable pourtant il ne m'intéresse plus tant que ça. Il semble que Mikael non plus n'y accorde aucune attention, préférant me chuchoter toutes les choses indécentes qu'il aimerait me faire sur ce sable encore tiède de la journée. J'ignore s'il pense m'exciter mais ce n'est absolument pas le cas. Généralement, j'aime faire l'amour avec lui, mais pas quand il est dans cet état et encore moins pour faire ce qu'il me propose là. Je suis peut-être un peu cliché mais j'ai un penchant pour la tendresse. Je n'ai rien contre un peu de bestialité mais ce qu'il veut est plus qu'animal et ne me correspond absolument pas. Je sens que je ne retirerai aucun plaisir de cette nuit, malheureusement.

Je n'ai pas revu l'homme taquin du début de soirée et je me sens honteuse de penser à lui lorsque mon petit ami prend possession de mon corps. Alors, même s'il est un peu dur cette nuit-là, que chacun de ses coups de bassin me fait monter les larmes aux yeux, j'endure la punition jusqu'à ce qu'il tombe de fatigue à côté de moi. Je ne peux m'empêcher de me sentir sale, probablement parce que j'ai vibré pour un autre homme que celui qui partage ma vie et mon lit.

J'enfile une robe et sors devant chez moi pour prendre l'air. Assise dos à ma porte, je regarde les légères traces rouges sur ma peau et sens encore celles qu'il a laissées dans mon cou. Je déteste qu'il me marque au moins autant que sa manière de me toucher en public et je ne comprends pas pourquoi. Mikael a tout du parfait petit ami, il a des défauts, sa brutalité en fait partie, mais il m'aime, je suis chanceuse de l'avoir. S'il n'avait pas été là, je ne le serais peut-être plus non plus.

Les larmes roulent sur mes joues lorsque cette pensée surgit dans mon esprit et je tente de ne faire aucun bruit, étouffant mes sanglots dans ma main. Puis, j'aperçois une tige de lavande à côté de mon pied et m'en empare pour lire le petit mot qui y est accroché. « *Puisse le futur t'apporter plénitude et protection dans les bras d'un homme qui ne te blessera en nulle occasion.* » J'ai légèrement écrasé les fleurs avec mon pied, ce qui me fait pleurer davantage. Un inconnu m'envoie des mots pleins de tendresse et je suis là, pathétique, à pleurer devant la porte de chez moi. Je réalise que je ne suis pas heureuse dans mon couple et je m'attriste de me savoir incapable de changer quoi que ce soit.

Le lendemain, mon cousin vient me rendre visite à la boutique. Je suis ravie de voir son visage chaleureux, j'en ai bien besoin après une nuit si difficile. Il a un physique de surfeur qui va parfaitement avec sa nouvelle profession et qui lui vaut bien des regards désireux de la part de la gente féminine. Mais à part à moi, Lucas n'accorde son attention qu'à une seule fille.

— Salut, beauté.

Je me jette dans ses bras et il me serre avec tendresse. Je le sens surpris par mon étreinte mais il se tait et se contente de m'enlacer jusqu'à ce que j'ai pris ma dose d'amour et que je m'écarte de lui.

— C'était du câlin, ça ! Qu'est-ce qui ne va pas ?

Je soupire lourdement.

— À ce point ? Raconte, m'intime-t-il, toujours tendrement.

— Je ne sais pas vraiment, j'ai juste passé une soirée étrange. Un drôle de type m'a abordée et ouvertement draguée.

— Tu as l'habitude, non ?

— Pas vraiment. Je connais tout le monde et tous les hommes de mon entourage savent qu'il y a quelqu'un dans ma vie, alors non, je ne suis pas habituée.

Je me garde de lui dire que ce qui n'est pas habituel, c'est très certainement la vitesse à laquelle mon cœur a battu en présence de cet inconnu. Je ne crois pas au coup de foudre mais je ne peux nier l'excitation qui m'a animée dès que son souffle a frôlé mon oreille.

Je me perds dans mes pensées et Lucas doit me demander une deuxième fois à quoi il ressemble avant que je ne l'entende.

— Les cheveux noirs, ni courts, ni longs. Grand mais pas trop, à peu près comme toi, je pense ? Il faisait nuit mais avec les éclairages j'ai pu voir une peau bronzée et des yeux d'un si beau bleu…

— Doucement cousine, ne tombe pas amoureuse, dit-il en riant. Je vois de qui tu parles, je pense. Vu que tu es proche de l'évanouissement en mentionnant ses yeux, je suppose qu'il s'agit du type dont toutes mes clientes me parlent. Apparemment, il n'est arrivé que très récemment et, déjà, il fait des ravages à *Lacanau beach*.

Si sa remarque le fait rire, à moi elle me mine. Je me sens terriblement idiote de m'être sentie spéciale. Ce genre d'homme sait y faire avec les femmes et je suis bêtement tombée dans le panneau. En prime, j'ai déjà un petit ami.

Je choisis d'effacer ce brun au regard marin de mes pensées et je parle des fleurs à mon cousin. Il n'est pas aussi conquis que moi et me demande d'être prudente. Il semble trouver ça un peu sinistre, même morbide, alors que j'y vois beaucoup de poésie.

— Je vais essayer de voir qui est derrière tout ça.

— Certainement pas ! m'écrié-je.

— Hey, doucement. Je te trouve bien bizarre aujourd'hui.

Je suis effectivement différente et un peu étrange depuis ma rencontre avec l'inconnu, je dois le reconnaître. La réaction de mon corps face à cet inconnu, qu'elle soit purement sexuelle ou d'un tout autre genre, met mes nerfs à fleur de peau.

— Désolée, soupiré-je. J'apprécie juste l'attention et je n'ai pas envie de chercher plus loin. Laisse-moi en profiter, d'accord ?

Il me contemple une minute avant d'accepter et me fait promettre de rester prudente. Je ne vois pas ce que je risque, mais je promets quand même.

Vers treize heures, Stecy vient prendre la relève, apparemment bien reposée, et m'invite à aller profiter du soleil. Pendant que je me change, elle me raconte l'épisode amusant de la veille avec son frère et comment il a réveillé tous les voisins en frappant comme un fou contre la porte de chez eux à quatre heures du matin. Mon amie n'a qu'une parole et quand elle lui a dit qu'il dormirait dehors, elle ne lui a pas menti. D'après ses dires, il a fini sur le palier jusqu'à ce qu'elle se lève et qu'elle lui ouvre. J'apprécie l'anecdote et ris beaucoup, ce qui rend ma tâche compliquée. Mais je parvins à me changer et après avoir déposé un baiser sur la joue de Stecy, je me dirige avec beaucoup de plaisir vers la plage. Je compte bien faire une cure de soleil pour chasser la noirceur de mes pensées. Mais c'est sans compter sur la présence d'un bel homme au regard plus bleu que l'océan lui-même. Je le vois sortir de l'eau après une belle performance sur sa planche de surf et lorsqu'il retire sa combinaison, je ne peux que contempler la beauté de son corps. Des muscles finement dessinés, un teint parfaitement hâlé et de nombreux tatouages sublimant le tout. Une multitude de détails que je n'avais pas remarqués la veille et qui me font vibrer davantage. Je me surprends à contempler avec insistance les traits d'encre sur sa peau, essayant d'imaginer ce qui a pu le pousser à tant se marquer. Je vois que je ne suis pas la seule à le reluquer et certaines femmes n'ont pas ma discrétion, allant jusqu'à l'aborder. J'ai alors un aperçu du charmeur qu'il est, sa gestuelle est parlante et le sentiment de jalousie qui s'empare de moi me met un peu plus sur les nerfs. Je m'apprête à partir, abandonnant l'idée d'améliorer mon humeur, quand une main me saisit le bras.

— Bonjour, Rose.

QUATRE

ETHAN

J'aime comment son nom caresse mes lèvres lorsque je le prononce, j'aime ses longs cheveux, j'aime le corps tout en formes devant moi et je me surprends à aimer la petite cicatrice que j'aperçois sur son genou. Je réalise qu'elle est parfaite, physiquement tout du moins, et je m'en trouve ennuyé car cela rend mon envie d'elle plus grande encore qu'elle ne l'est déjà. Je suis attiré vers elle sans que je comprenne la réelle origine de l'attraction, et je me félicite de lui avoir trouvé ce surnom mythique. La sirène. C'est ce qu'elle est. Belle, elle vous appelle, vous ensorcelle et obtient probablement ce qu'elle veut de chaque homme. Le chant des sirènes ne tourne-t-il pas la tête des marins ? Et moi, vais-je finir au fond de l'océan ? J'espère que non. Je préfèrerais finir dans ses draps.

— Je ne connais même pas ton nom…

Elle semble déçue par cette constatation. De mon côté, je suis si surpris que ce soit la première chose qu'elle trouve à me dire que je ne peux m'empêcher de rire. Ma réaction la renfrogne et elle tourne les talons. Je me mords la lèvre, ravi de la voir si réactive à mon attitude, et je la saisis par le bras. Le contact de sa peau contre la mienne s'avère plus délicieux que je ne l'espérais et je ne peux m'empêcher de m'approcher d'elle, de trop près, peut-être.

— Ethan, lui murmuré-je à l'oreille.

— Ethan...

L'entendre prononcer mon nom et sentir la chair de poule parsemer son bras sous mes doigts a un effet aphrodisiaque. Je résiste difficilement à mon envie de goûter la petite parcelle de peau derrière son oreille, un morceau de chair tentant, en dépit des marques déjà laissées par un autre. Je me contente d'humer son parfum puis la lâche avant de perdre la tête. Je vais également devoir veiller à garder mes yeux sur son visage si je ne veux pas mal tourner. Rose n'est pas filiforme et ses courbes rendraient fou le plus sain des hommes. Si certains aiment les femmes fines, je les préfère avec quelques rondeurs. Mon interlocutrice en a peu mais je vois tout de même ses adorables poignées d'amour auxquelles j'ai terriblement envie de m'accrocher au cours d'une séance très, très, très chaleureuse. Je suppose que je me suis perdu dans la contemplation de son physique sans m'en apercevoir car elle s'entoure d'un paréo. J'espère qu'elle n'est pas mal à l'aise avec son corps et que son copain, à défaut d'être fidèle, lui dit souvent combien elle est belle, divine, même.

Sortant de ma contemplation, j'entreprends un rapprochement.

— Tu viens ici souvent ?

— Tu ne viens pas de me demander ça. Dis-moi que j'ai rêvé.

— Quoi, trop cliché ? dis-je en souriant.

— Tellement !

Son sourire me fait l'effet d'une bombe, elle est dix fois plus attirante que cinq minutes plus tôt et au moins vingt fois plus que la nuit d'avant. Elle semble s'embellir au fil des heures. Dur constat.

— Pour répondre à ta question, j'habite ici depuis plusieurs années donc oui, je viens ici assez souvent, continue-t-elle en souriant.

— Et pourtant, je suis sûr que je peux te montrer quelque chose que tu n'as jamais vu.

— Impossible.

— Fais-moi confiance, l'intimé-je.

— Tu ne me sembles pas être une personne de confiance. Ton attitude joueuse et dragueuse n'est pas bien inspirante.

— Méfie-toi des apparences.

Je parle tant pour moi que pour son petit ami. Je me vois mal lui annoncer de but en blanc qu'elle sort avec un homme infidèle. En plus de ne pas me croire, elle tirerait sûrement un trait sur moi et c'est la dernière chose que je veux. D'ailleurs, qui me dit qu'elle n'est pas déjà au courant, qu'elle ne l'a pas embauché pour un rôle d'amant ?

— De toute façon, qu'est-ce que tu risques ? repris-je.

— Oh, je ne sais pas… De me faire tuer dans une ruelle sombre, par exemple ?

Je ne peux me retenir de rire et elle fait de même. Elle réalise sûrement, elle aussi, l'absurdité de ses propos. Nous mettons une minute ou deux à nous calmer.

— Pour commencer, je ne suis pas un tueur en série. Mais dans le doute, nous allons faire ça en plein jour, aux yeux de tous.

— Faire quoi ?

Elle écarquille les yeux et rougit légèrement.

— Tu sais que les plus pervers sont ceux qui voient de la perversion partout ? Est-ce que tout ce que je t'inspire c'est du sexe ? la taquiné-je.

— Plus ou moins… avoue-t-elle, à ma grande surprise.

— C'était… honnête.

— Est-ce que tu es surpris parce que tu me pensais trop prude ou parce que tu fais partie de ces hommes qui pensent que les femmes n'ont pas le même attrait pour le sexe qu'eux ?

— Ni l'un ni l'autre, je pensais juste que tu allais prendre ma question pour ce qu'elle était, une blague, ris-je.

Elle rougit de plus belle et j'aime qu'elle soit assez affirmée pour me tenir tête mais assez intimidée pour rougir à mes remarques. Elle est sincèrement mal à l'aise, et je m'en veux de la torturer de la sorte alors je choisis d'oublier ce sujet, même si j'aurais été ravi d'en savoir plus sur son attirance sexuelle à mon encontre. Mais chaque chose en son temps.

— Pour en revenir à mon histoire d'homme ni tueur ni pervers, je vais te faire monter sur une planche de surf et tu comprendras.

Sans attendre sa réponse, je ramasse ses affaires sur le sol et la prends par la main pour la diriger vers mon propre tas de vêtements. Je m'empare de ma planche de surf et entraîne Rose dans l'eau.

Après quelques explications, une démonstration et un peu de pratique au cours de laquelle je n'ai pas boudé mon plaisir d'être en contact direct avec son corps, j'invite Rose à essayer seule. Je suis extrêmement surpris qu'elle se débrouille si bien, il me semble impossible de réussir une telle prouesse en un seul cours. Une femme qui surfe, qui le fait bien ET qui n'est pas ma sœur. Je suis amoureux. D'accord, peut-être pas, mais je suis clairement admiratif.

Lorsqu'elle me rejoint, elle s'accroche à mon cou, apparemment plus qu'heureuse de ma surprise.

— La vue, c'est la vue de l'océan que tu voulais me montrer ! De l'intérieur d'une vague plus précisément. Depuis la planche, la perspective est si différente, c'est incroyable !

Elle rayonne et sa joie est communicative. Je souris à m'en faire mal aux joues et je me sens plein d'un sentiment nouveau : le bonheur. Je suis reconnaissant que nous nous entendions si bien, que le contact soit tellement aisé avec elle. Nous nous comportons comme des personnes se connaissant depuis toujours et j'aime cette relation naissante.

Je glisse mes doigts dans ses cheveux humides et immédiatement, l'ambiance change, la tension devient palpable. Son corps caresse le mien, tous les deux maintenus à la surface grâce à notre appui sur la planche. Mes lèvres ne sont qu'à quelques centimètres des siennes et j'ai terriblement envie de l'embrasser. Je sens qu'elle a ce même désir de goûter à ma bouche mais notre petite bulle éclate lorsque se fait entendre le sifflet du maître-nageur sauveteur. Nous nous sommes fait emporter dans la zone de surveillance où il est interdit de surfer.

Je maudis le courant et je peste mentalement contre mon collègue. Je murmure un faible « Fin du conte, petite sirène » en nous guidant vers la plage.

Je suis déçu d'avoir été coupé en pleine action mais je le suis plus encore en voyant le petit ami de Rose venir à notre rencontre. Je doute qu'il l'aime assez pour la voir elle et pas une autre au milieu de la plage, et je devine que la jolie brune qui s'insurge dans son dos et lui offre un beau majeur avant de partir dans l'autre sens est la réelle raison de sa présence initiale ici. Malgré tout, il se permet d'afficher un air renfrogné en me voyant avec Rose. C'est l'hôpital qui se fout de la charité…

— Qu'est-ce que tu fais là, Rose ?

Elle sursaute et fait tomber la serviette avant même d'avoir fini de se sécher. Si moi je l'avais repéré de loin, elle, elle est étonnée de le voir. Elle en perd ses mots.

— Je t'ai demandé ce que tu faisais là, insiste-t-il, plus agressif la deuxième fois.

— Elle profite du soleil, je ne crois pas que cela mérite que tu lui parles comme ça.

Cet homme m'est désagréable depuis la première fois que je l'ai vu avec les deux femmes, et je n'apprécie pas sa manière de parler à celle qui est malheureusement sa petite amie. Je sens que ma remarque ne lui a pas plu et mon sourire en coin le fait sortir de ses gons.

— T'es qui toi ? Je parle à ma copine.

— Tu ne lui parles pas, tu lui hurles dessus, nuance.

— Mais pour qui tu te prends, petit merdeux ? Tu crois que je vais me laisser dicter ma conduite par un con qui a plus de tatouages qu'un putain de punk ?

— Calme-toi, Mikael… le supplie Rose.

Je vois rouge quand il la bouscule alors qu'elle s'est accrochée à son bras. Je m'apprête à lui rentrer dedans, toujours prêt pour une bonne bagarre, lorsqu'elle se met au milieu et me supplie de son regard bleu d'arrêter. Je ne comprends pas qu'elle se laisse ainsi faire alors qu'elle n'a pas hésité à me remettre à ma place dès notre première rencontre. J'ai l'impression qu'il y a deux Rose différentes et celle en face de moi ne me plaît pas. Elle le remarque sûrement car elle baisse les yeux, récupère ses affaires et préfère partir. Mikael me jette un regard hargneux et la rejoint. Je dois me faire violence pour ne pas lui sauter dessus lorsqu'il l'attrape férocement par le bras. J'ignore s'il est réellement agressif avec elle et je préfère ne pas le savoir, sous peine de devenir fou. Je ne veux pas que mes vieux démons ressurgissent.

Je sais que je n'aurais pas dû m'approcher de cette sirène tentatrice, mais je n'ai pas su résister à son chant et le désir de la protéger de ce grand requin blond me ronge de l'intérieur.

CINQ

ROSE

Mikael me tire violemment derrière lui. Je m'abstiens de faire une scène en public mais, lorsque nous sommes à l'écart du monde, je me dégage immédiatement.

— Tu me fais mal, Mikael ! Et ce n'est pas la première fois.

— Peut-être que je serais plus doux si ma petite amie ne se comportait pas comme une salope, crache-t-il.

Je ne peux m'en empêcher, je le gifle de toutes mes forces. Mais lorsque je vois ses yeux, je regrette de ne plus être en public. Pour la première fois depuis le début de notre relation, il me fait vraiment peur. Il referme sa main autour de ma gorge en me maintenant contre le mur de l'arrière d'une boutique et l'air se bloque dans ma trachée, incapable de continuer son chemin. Je ne l'ai jamais vu si violent et il m'effraye plus que jamais. Je vois dans ses yeux une haine et une folie que je ne lui connaissais pas. Ce sont des émotions qui me font froid dans le dos et qui font naître la panique en moi. Heureusement, il desserre sa prise avant que je ne m'étouffe et se recule, comme si sa main s'était brûlée au contact de ma peau. Je toussote et m'écarte lorsqu'il tente de me prendre dans ses bras. Je ne veux pas qu'il s'approche.

— Ne me touche pas, dis-je faiblement.

— Rose, bébé… Je suis désolé, je ne sais pas ce qui m'a pris. T'imaginer avec ce mec m'a rendu fou, il ne mérite même pas de respirer le même air que toi.

— Tu ne le connais même pas !

Malgré moi, je prends la défense d'Ethan. Mais dès que les mots ont quitté mes lèvres, je regrette qu'ils ne soient pas restés à l'intérieur et j'ai peur de subir de nouveau la colère de Mikael. Il se maîtrise mais ses narines vibrent sous la colère. Je sens qu'il fait son possible pour se contrôler mais je ne suis pas rassurée pour autant. Je ne le reconnais plus.

— Qu'est-ce qui t'arrive ? Tu défends un étranger qui était prêt à me rentrer dedans quelques minutes plus tôt.

Il oublie de mentionner que c'était mérité.

— Je suis fatigué de cette relation où je suis le seul à donner. J'ai accepté de rester temporairement à Lacanau pour toi mais je n'ai rien en retour. Je pense qu'il est temps que nous rediscutions de ce possible déménagement.

Je soupire, à la fois soulagée qu'il se détende un peu et agacée par son attitude. Je ne vois pas les efforts dont il parle et cette histoire de déménagement commence à me peser. Il est hors de question que j'abandonne tout ce que mon père a construit pour recommencer à zéro quelque part qui ne sera jamais chez moi.

— Nous avons déjà discuté de ça, il est hors de question que je parte.

— Ne t'étonne pas si un jour je pars sans toi.

Sa remarque ne me surprend pas, pas plus que le fait qu'il s'en aille sans attendre de réponse. Ce qui m'étonne, c'est que je ne me sens pas triste à l'idée qu'il s'en aille, pas le moins du monde. Il y a quelques temps, je n'aurais pu imaginer ma vie sans lui. Mais aujourd'hui, je me sens capable de continuer seule. Je dirais même qu'à cet instant, je le préférerais à des kilomètres de moi, quelque part où il ne pourrait pas lever la main sur moi. Je ne pense pas qu'il soit un réel danger, ma sécurité me semble assurée, mais il m'a tout de même fait peur, quelques minutes plus tôt.

Après avoir pris le temps de boire un coup et d'acheter une glace, je retourne à la boutique pour aider Stecy à fermer. J'ai la surprise de la trouver en pleine discussion avec mon cousin. Si tant est que 'discussion' soit le mot adapté pour décrire la situation.

— Lucas David ? C'est quoi le nom et c'est quoi le prénom ? Qu'est-ce que tu veux à Rose, exactement ? l'interroge mon amie, sur la défensive.

— Lucas est mon prénom, et il s'avère que Rose est ma cousine, ce qui me donne le droit de venir la voir sans raison. D'ailleurs, je vais attendre son retour, juste pour lui parler d'une fille aux cheveux gris un peu étrange qui joue au chien de garde dans sa boutique.

Je sais qu'il plaisante et je me doute que Stecy l'a aussi compris, mais elle se comporte de manière inattendue avec mon cousin. Elle fuit généralement les hommes alors que là, elle se tient droite comme un piquet, devant lui, prête à l'affronter si nécessaire. Ironique qu'elle ne réalise pas la proximité et qu'elle soit prête à me défendre du seul homme qui ne me ferait jamais aucun mal.

— Lucas, n'embête pas mon personnel, tu veux ?

Les deux m'entendent mais ne font pas un mouvement, ils restent plantés l'un en face de l'autre, les yeux dans les yeux. Je n'en reconnais aucun jusqu'à ce que Stecy prenne la fuite, ce qui est plus en accord avec son comportement en présence d'un homme. Elle passe à côté de moi et grommèle qu'elle sort prendre l'air. Je ne la retiens pas, préférant la laisser se calmer. Je m'apprête à interroger mon cousin mais il me devance en matière de question.

— C'est quoi ces marques ?

— Quoi ?

Je passe les doigts sur la peau encore chaude de mon cou et suppose que Mikael y a laissé des traces si Lucas arbore un regard aussi sombre. Il me fait peur lui aussi, mais d'une tout autre manière. Je le sais incapable de me faire du mal mais en mesure d'infliger des souffrances à quiconque m'en aurait fait.

— C'est lui qui t'a fait ça ? sa voix n'est plus qu'un murmure. Dis-moi la vérité, Rose. Est-ce qu'il a posé la main sur toi ?

Je ne peux me résigner à lui répondre, je l'implore du regard, lui demandant de ne rien faire d'inconsidéré. Je le supplie silencieusement de se calmer. Il a un passé compliqué et je refuse d'être à l'origine de cette violence qu'il s'est promis d'éviter. Mais mon manque de réponse n'a pour effet que de lui faire comprendre que mon petit ami est effectivement à l'origine de ces traces. Je vois le visage de mon cousin passer par différentes expressions avant de reprendre son masque de tendresse. Puis, il dépose un baiser sur mon front et ouvre la porte de la boutique pour partir.

— Hey, super héroïne, va soigner ma cousine puisque tu tiens tant que ça à elle.

Je devine qu'il s'adresse à Stecy, probablement adossée contre le mur de mon magasin, et je suis surprise de tant de douceur dans sa voix. Je sens la folie qui s'est emparée de lui et qu'il puisse encore être tendre avec quelqu'un d'autre que moi tient de l'exploit. Je veux le retenir mais mon amie rentre et m'inspecte immédiatement.

— L'enculé, il t'a encore touchée…

— Stecy, je dois rattraper Lucas…

Elle m'en empêche, me tire vers le comptoir et m'oblige à m'asseoir pour regarder les marques de plus près. Je sens ses doigts trembler contre ma peau et ses yeux me semblent plus humides qu'à l'accoutumé. Je me laisse faire pour ne pas la contrarier davantage mais, lorsqu'elle a fini, je me lève et lui explique que je dois absolument empêcher mon cousin de trouver Mikael.

— Pourquoi pas ? Laisse-le crever. Ne me dis pas que tu vas encore le défendre après ça ?

— C'est mon petit ami…

— Putain, Rose !

— Ça suffit, ça ne te regarde pas !

Stecy a un mouvement de recul, surprise par mon agressivité dont elle est très rarement la victime. Je m'excuse immédiatement, choquée par ma propre réaction.

— Pardon… C'est juste que je n'ai presque que lui. Il a été là à la mort de mon père, il était présent quand ça n'allait pas, quand aucun de vous n'existait encore dans ma vie. Je lui dois beaucoup…

— Rose, je peux comprendre, mais tu t'accroches à un souvenir qui ne ressemble plus en rien à la réalité.

— Je dois y aller.

Je sais qu'elle a raison et que je suis lâche de ne savoir comment mettre un terme à cette relation néfaste, mais je n'ai pas le courage de faire ce changement. Alors je préfère couper court à la discussion. Je suis incapable de supporter cette dure vérité et la fuite est mon unique solution. Mon amie n'insiste pas et je l'embrasse sur les deux joues avant de partir en vitesse. Il y a de toute façon des choses plus importantes que mon petit quotidien. Je dois absolument trouver Lucas avant que lui ne trouve Mikael.

SIX

ETHAN

Une fois remis de ma rencontre, après avoir pris quelques vagues, je remonte la plage centrale vers celle du Nord et je vois des surfeurs affronter l'océan. Le souvenir d'un autre homme sur l'eau m'apprenant à dompter ma planche me torture. Cette même pensée m'entraîne vers la noire période de ma vie où je me battais plus que de raison et pendant laquelle je me perdais dans une débauche qui aurait eu raison de moi si l'amour de Stecy ne m'avait pas sauvé.

J'efface vite ces images de ma tête et entre dans l'école de surf qui se trouve à deux pas de moi. Dedans, je regarde le matériel avec beaucoup d'intérêt. Les planches usées me semblent être incroyablement bien entretenues à l'inverse de l'espèce de cabane qui les abrite. Plus étonnant encore, ladite cabane est peu attrayante de l'extérieure mais incroyablement plaisante une fois à l'intérieur. Je me demande qui peut bien tenir une école de surf aussi étrange et je suis persuadé que le jeune homme derrière le comptoir n'en est pas le propriétaire. J'ai peut-être tort de le juger d'un simple coup d'œil, mais je m'imagine une personne… différente.

Quand un homme grand et blond – le stéréotype même du surfeur – pénètre dans la cabane, je sais immédiatement qu'elle lui appartient. Il s'est emparé des lieux en quelques secondes, sa présence est forte et je sens d'un coup son influence dans la décoration. Il n'a pas l'air beaucoup plus vieux que moi et il dégage quelque chose d'assez singulier. Malgré sa main ensanglantée, je lui trouve une attitude très calme, et beaucoup de chaleur se dégage de lui. L'employé lui sourit avec facilité, il semble accessible et c'est la meilleure qualité qu'un professeur peut avoir, en dehors de ses connaissances, bien entendu.

Après avoir offert un sourire se voulant rassurant au garçon du comptoir, l'invitant à ne pas s'inquiéter pour sa main, son regard se pose sur moi. Je suis la seule âme présente dans l'école et il semble surpris en me voyant. Il vient à ma rencontre et me salue.

— Désolé de ne pas pouvoir te serrer la main mais tu comprends pourquoi.

— Bien sûr. Ethan, enchanté.

— Je sais qui tu es, tu fais beaucoup parler de toi ici. Et tu me voles la vedette !

Il laisse raisonner un rire sincère qui me met immédiatement à l'aise.

— Je m'appelle Lucas, je suis le propriétaire de l'école. Et puisque j'en suis aussi un des rares professeurs et que je t'ai déjà vu en action, je sais que tu n'as pas besoin de leçons et que tu devrais plutôt travailler pour moi. C'est ça qui t'amène ?

— Non, du tout, j'ai un travail, déclaré-je. J'étais juste curieux de voir l'école de surf.

— C'est bien dommage, je n'aurais pas dit non à un peu d'aide, et ton physique m'aurait fait gagner bien des clients, j'en suis certain.

Il me quitte en me gratifiant d'un ultime sourire qui me laisse croire qu'il sait pertinemment que je ne suis pas là juste pour regarder. Je suis tiraillé entre mon amour du surf et le sentiment désagréable qui naît en moi chaque fois que je pense à celui qui m'a appris à en faire. Mais je me suis surpris à prendre plaisir en voyant Rose monter sur ma planche et je me demande si je peux ressentir encore cette émotion en enseignant à d'autres. À moins que cette joie d'enseigner soit fictive et que mon plaisir soit uniquement dû à la femme qui se tenait sur la planche ?

Je suis sorti de mes pensées par des doigts fins et manucurés qui se posent sur mon épaule. Samantha, la brune sexy, trop chaude pour être refroidie, selon ses propres mots.

— Salut, toi.

— Hey, Samantha.

— Pour les intimes, c'est Sam.

— Sommes-nous devenus intimes sans que je le sache ? As-tu abusé de moi dernièrement ?

Je prends un ton taquin et séducteur qui ne manque pas de lui plaire. Je devine une demoiselle particulièrement joueuse et j'aime ça. Contrairement à ce qu'on peut penser de moi, je ne profite pas des femmes et je les préfère avec des désirs semblables aux miens. Samantha ne cache pas qu'elle ne veut pas se poser, elle a simplement envie de profiter de l'été et je la comprends. Mais j'ai une tout autre créature en tête, maintenant, je ne peux donc pas faire plus avec elle que flirter, cela ne serait pas correct. Même si je m'énerve moi-même à ne pas respecter mes propres règles.

— Tu veux te mettre au surf ?

— Tout dépend, qui est le professeur ? me répond-elle en me jetant un regard séducteur.

— C'est moi, intervient Lucas.

— En voilà une bonne nouvelle, dit-elle.

Elle ne semble pas du tout dérangée par le fait qu'elle vient de passer de l'un à l'autre avec beaucoup de naturel. Cela lui semble tout à fait normal. Son attitude me fait rire mais le propriétaire des lieux ne semble pas du tout sensible au côté séducteur de la jeune femme. L'échange est plutôt plaisant à voir, avec d'un côté une jeune tentatrice, de l'autre un beau garçon chaleureux mais insensible à la tension sexuelle présente dans l'air.

Tout à coup, Rose entre dans l'école et je suis surpris de la voir. En remarquant les marques sur son cou, je crois perdre la tête. Je m'apprête à l'intercepter pour lui demander des explications lorsqu'elle s'arrête devant Lucas, indifférente au petit jeu de séduction de Samantha. Elle s'empare de sa main et l'inspecte.

— Qu'est-ce que tu as fait, Lucas… gémit-elle.

— Je lui ai juste expliqué ce qui allait se passer s'il levait encore la main sur toi. Mais rassure-toi, j'y ai été en douceur.

— Je ne veux pas que tu utilises la violence, tu sais que tu ne dois pas…

— C'est bon, beauté. Je ne le referai plus, ne t'inquiète pas pour moi.

Je me raidis en entendant le surnom affectueux et pire encore en le voyant la prendre dans ses bras et déposer un baiser sur sa tête, un acte très intime. Je connais ce sentiment, je suis fou de jalousie et désireux de savoir qui il est pour elle. Si Mikael n'est pas au niveau en tant que concurrent, Lucas semble avoir tout pour plaire, je suis donc encore plus sensible à sa présence et à ce qu'il représente pour Rose. Mais ai-je des raisons d'être jaloux pour une femme que je connais depuis quelques jours seulement ?

Après quelques minutes, celle que je prends pour une sirène pose ses yeux enchanteurs sur moi. J'y lis de la surprise mais j'ai surtout un meilleur aperçu des marques sur son cou. J'ai envie d'embrasser chaque trace rouge et de la supplier de quitter cet homme qui ne la mérite pas, mais je suis aussi rongé par des sentiments noirs. Je lui en veux de tant faire battre mon cœur alors qu'elle ne peut être à moi. Et je m'en veux de ressentir une telle attache. Alors je profite de la présence de Samantha pour la blesser et si je n'ai pas de quoi en être fier, je suis content de voir la peine dans son regard lorsque je prends la brunette par les épaules et la guide vers l'extérieur après avoir dit au revoir.

Une fois dehors, j'entends sa douce voix m'appeler. Je m'arrête et indique à Sam que je reviens. Je fais demi-tour et viens à la rencontre de celle qui me fait perdre la tête sans que je comprenne pourquoi. Elle est si belle, en dépit des marques sur son cou, si belle que je dois me retenir de la prendre dans mes bras.

— Pourquoi tu te comportes comme ça ? me demande-t-elle, presque dans un murmure.

— Comme quoi ?

— Je sais pas, tu es… elle cherche ses mots et je ne l'aide pas. Tout à l'heure, toi et moi…

— Oui ?

Je sais que je la torture, j'en suis presque trop conscient.

— Je pensais qu'il y avait quelque chose entre nous, finit-elle par déclarer doucement.

— Je le pensais aussi. Mais tu as un petit ami, peut-être deux pour ce que j'en sais. Je ne sais pas ce que tu t'es imaginé à mon sujet mais j'ai des sentiments, de la fierté aussi, et je ne veux pas d'une femme qui pensera à d'autres que moi.

Je me sais cruel de lui jeter au visage son attitude. Je la devine pensant à moi alors qu'elle est dans les bras de Mikael, j'en suis convaincu, même. Mais, tel un chien blessé, je préfère mordre en retour. Je la laisse là sur un « Bonne soirée, Rose » et je vais rejoindre Samantha qui m'attend à quelques mètres. Mes jambes semblent peser une tonne et chaque pas qui m'éloigne de Rose est difficile à effectuer. Tel un aimant, elle m'attire à elle. Mais je ne peux pas être un simple nom sans statut pour elle, pas plus que je ne supporterais l'idée qu'elle ne soit que la femme d'une nuit pour moi. J'ai besoin de plus et cette idée m'insupporte, alors je préfère m'éloigner de celle qui met du désordre dans mes sentiments.

SEPT

ROSE

Sa remarque me fait l'effet d'un coup de poignard. Bien sûr, je l'ai méritée, mais ce n'en est pas moins douloureux. Je suis irritée à l'idée que cette latine brune pose ses doigts sur lui et je me sens désemparée car je n'ai plus la main sur mes sentiments. Je suis habituée à une relation linéaire avec Mikael et mon cœur ne s'est encore jamais emballé comme il le fait en présence d'Ethan. Mais c'est un dragueur, un homme au physique dangereux, un charmeur, un tentateur, un appel à la luxure… Dieu l'a créé pour me rendre folle et je ne peux pas chambouler ma vie entière pour une simple accélération cardiaque en sa présence. Parce que ce n'est que ça, au fond, un immense désir.

En rentrant chez moi, je découvre mon petit ami plutôt amoché. Si mon cousin prétend y être allé en douceur, le nez de Mikael le contredit autant que les bleus sur son ventre. Il me voit et s'approche dangereusement de moi, le regard accusateur. Il ne réalise probablement pas qu'il me fait mal en prenant mon visage entre ses doigts, c'est sûrement inconscient.

— Regarde ce que ton cousin a fait ! Ce type est un malade, Rose. Tu n'es entourée que de fous. Je ne plaisante pas quand je dis que ton environnement est néfaste.

— Il ne voulait pas…

— Est-ce que tu as l'impression qu'il s'agit d'un accident ?! hurle-t-il en pointant son nez du doigt.

— Il veut juste me protéger, est-ce que tu as vu mon cou ?

— Arrête un peu, je ne t'ai pas serrée si fort, tu as juste la peau qui marque.

Comment peut-il retourner contre moi toute cette histoire ? Et moi, pourquoi est-ce que je continue à pardonner ses écarts ? Je ne l'aime plus, je ne l'ai peut-être même jamais aimé, alors pourquoi continuer à me torturer ?

Mikael me relâche brutalement, me faisant heurter le mur sans ménagement, et part se doucher. Je suis épuisée par cette relation et je culpabilise de ne savoir le rendre heureux. Il a beau avoir des défauts, il a été là à la mort de mon père et même s'il n'a jamais approuvé ma localisation professionnelle, il m'a soutenue dans mon deuil du mieux qu'il a pu. Je lui suis reconnaissante de m'aimer mais cet été, il se montre plus violent et bien moins aimant qu'avant. Je ne sais plus quoi faire.

Je sors prendre l'air, ressentant ce besoin intense de sentir la brise du soir sur mon visage, et j'aperçois immédiatement la fleur au pas de ma porte. Je suis sûre qu'elle n'était pas là à mon arrivée et je me hâte de sortir dans la rue pour voir s'il y a quelqu'un. Ce mystérieux livreur de fleurs est devenu une réelle source de soutien pour moi et j'aimerais beaucoup connaître son identité, quoi que j'ai pu dire à Lucas à ce sujet.

Après avoir regardé partout, je reviens bredouille chez moi et m'empare de la fleur pour y lire le message. « *Vois comme cette pivoine est élégante, constate comme elle résiste à la cruauté du monde par sa simple volonté d'exister. Ne te laisse jamais plus violenter, choisis le respect à cette illusoire facilité qu'est l'acte de supporter.* » Sans pouvoir m'en empêcher, je fonds en larmes, profondément touchée par les mots de cette personne anonyme. Mais ce ne sont pas des larmes de tristesse ou de faiblesse, au contraire, je me sens soulagée de ne pas être seule, et plus forte grâce à cette simple fleur sur laquelle je dépose un léger baiser. Puis, armée de ma pivoine comme un soldat le serait d'un fusil, je rentre dans ma maison où j'y trouve Mikael fraîchement douché mais visiblement encore en colère. Je le suis aussi et je compte bien le lui faire savoir.

— Que les choses soient claires entre nous, Mikael. Tu ne lèveras plus jamais la main sur moi.

— Quoi ? répond-il vivement.

— Tais-toi, continué-je avec fermeté. Je ne sais pas pourquoi tous les hommes aiment à penser que je suis une petite fleur fragile, mais j'ai des épines et je vais m'en servir si tu n'apprends pas le respect. Ce qui s'est passé aujourd'hui ne se reproduira plus jamais.

— Bébé…

— Je suis sérieuse. Si tu oses lever la main sur moi encore une fois, tu le regretteras amèrement.

Je ne lui laisse pas le temps de répondre et sors immédiatement de ce qui est pourtant mon chez-moi. J'ai besoin de prendre l'air et de célébrer cette petite victoire personnelle en tête à tête avec l'océan, mon plus grand confident.

Je ne peux nier m'être délectée de l'altération de l'humeur de Mikael et du changement des traits de son visage en me voyant m'affirmer. C'est grisant de se sentir plus forte. Je crois que c'est une des raisons pour lesquelles je me suis attachée si brutalement à Ethan, parce que dès notre première rencontre, je me suis sentie capable de lui tenir tête sans avoir peur des répercussions. Il s'est montré odieux, il en était conscient et il a accepté le retour de manivelle, je suis sûre qu'il l'a même apprécié. Je l'imagine vouloir une femme indépendante et être fier d'elle, pas comme Mikael qui aimerait que je reste sa petite chose précieuse et fragile, l'attendant sagement à la maison. Avec Ethan, il y a eu cet équilibre immédiat qui m'a permis de me sentir à son niveau. Ensuite, il y a bien sûr eu une alchimie indéniable. Comment oublier les frissons ou les battements de mon cœur lorsque j'ai entendu sa voix, vu ses yeux bleus et senti sa peau contre la mienne ? Impossible. Je n'irai pas jusqu'à dire que c'était un coup de foudre, même sans parler de la possible existence du phénomène ce n'était pas ça, mais l'attirance a été réelle et plus forte que je ne l'aurais crue possible. Mais peut-on tomber amoureux d'un physique ? D'une voix ? Je suis convaincue de l'importance de ce presque inconnu pour moi mais je suis aussi consciente de ne pas pouvoir chambouler ma vie pour un homme dont je ne connais rien et dont je n'ai que des impressions, aussi bonnes soient-elles. De plus, il a été assez clair, il ne veut pas de moi. Et j'ai un petit ami...

Mes pas me portent sur la plage, je me déchausse et le sable est tendre sous mes pieds. Le vent caressant mon visage est le bienvenu et je prends une grande inspiration, me délectant de cette saveur propre à l'océan. J'aime sincèrement cet endroit et pour rien au monde je n'aurais vécu ailleurs.

J'aperçois quelques jeunes plus loin, faisant la fête en bord d'eau. C'est l'été, synonyme de vacances et détente, et je prends grand plaisir à voir les touristes apprécier cette plage que je chéris tant. Mon regard se porte sur une silhouette assise face à l'océan. En m'approchant, je vois ses cheveux fins se soulever au vent et le tableau me plaît énormément. Je devine un solitaire, désireux de se perdre dans cette contemplation nocturne, et je ne peux que comprendre ce besoin. L'océan est infini, il offre ce sentiment immortel de puissance et de sérénité en même temps. J'aime le contempler. J'en suis sincèrement éprise.

Je m'avance vers l'eau et y trempe les pieds. Elle est froide mais c'est agréable de sentir les petites vagues caresser mes chevilles. Je me glisse progressivement dans l'océan afin de me rafraîchir.

Mais lorsque j'ai de l'eau jusqu'aux mollets, j'entends un cri lointain et des bras m'encerclent. Surprise plus qu'effrayée, je trébuche et tombe sur les fesses, tout mon poids écrasant le corps en dessous du mien. Le dos contre son torse, je m'estime heureuse qu'il ne soit pas tombé sur moi.

— Qu'est-ce que vous faites ? commencé-je à me plaindre, maintenant trempée jusqu'à la taille.

— Rose ?

Je me retourne dans les bras de mon agresseur et plonge mes yeux dans un regard que je devine bleu. Le mystérieux corps qui a causé ma chute ne m'est pas si inconnu que ça.

Mon cœur se serre et mon corps se paralyse, peut-être désireux de ne jamais quitter les bras de cet homme. Je laisse alors échapper un faible murmure qui est emporté par le bruit des vagues, sans jamais quitter ce regard envoûtant.

— Ethan…

HUIT

ETHAN

Après avoir bu un verre avec Samantha, celle-ci a pris son service au bar et j'ai préféré venir me poser sur la plage plutôt que d'accepter le second tour qu'elle me proposait. Je ne suis pas particulièrement fêtard. Les gens pensent que si, à cause de mon physique déglingué, mais, au contraire, j'aime m'isoler et en profiter pour me vider la tête. Parfois, je prends le temps de réfléchir à ma vie, d'autres fois, je me contente de savourer les bienfaits de la nature. J'ai besoin de calme pour ces moments de réflexion et les bars de Lacanau sont loin de coller à cette définition. Très animés, ils sont remplis d'hommes et de femmes qui veulent profiter de leurs vacances au maximum. Certains sont là pour trouver un ou une partenaire, beaucoup sont alcoolisés et tous ressortent sourds d'une soirée comme ça. Sur le chemin, je croise quelques éméchés qui vont finir la nuit sur le sable et je souris, moqueur, en imaginant l'état dans lequel ils seront au lever du soleil.

Ce soir, je ne cesse de penser à Rose. Je suis tiraillé entre ce qu'elle provoque en moi et la réalité qui se met en travers de ma route. Elle a un petit ami ainsi qu'un autre homme dans sa vie dont je ne connais pas le statut. Difficile pour moi de trouver ma place dans cette combinaison. Mais la véritable difficulté réside dans l'incompréhension de mes propres sentiments. J'ai été attiré par bien des femmes, j'ai couché avec la majeure partie d'entre elles, mais nous convenions chaque fois discrètement que la relation serait éphémère. Pourtant, je n'imagine pas consumer Rose et agir ensuite comme si rien ne s'était passé. Elle me donne envie de plus et j'ignore ce que c'est supposé vouloir dire.

Je suis tiré de mes pensées par une silhouette qui s'avance au loin dans l'eau. Surpris et inquiet que ce ne soit une personne ivre qui n'a pas conscience du danger que représente l'océan, je commence à m'approcher, et lorsque je la vois continuer à s'immerger, je lui crie de s'arrêter et cours dans sa direction. Je la saisis sans réfléchir mais elle nous fait trébucher. Elle tombe sur moi et nous nous retrouvons tous les deux le postérieur dans l'eau. Je suis cependant particulièrement heureux de ma position lorsque je découvre qu'il s'agit de la femme à laquelle je pense depuis des heures. Elle est belle au clair de lune, la pointe de ses longs cheveux trempe dans l'eau, et je suis une fois de plus hypnotisé par ses lèvres qui prononcent mon nom avec tant de sensualité. Je laisse les vagues se briser et venir nous caresser et j'écoute les battements de nos cœurs prenant le dessus sur le bruissement de l'océan. Son parfum fleuri – ironiquement en accord avec son prénom – me chatouille les narines et parvient même à recouvrir l'odeur puissante d'iode qui flotte familièrement autour de nous. Je me surprends à penser que le temps pourrait s'arrêter maintenant, j'en serais heureux. Cela fait écho, d'une certaine façon, au tatouage de l'infini que je porte sur le bras droit. Je l'ai fait en 2009 pour qu'il soit le témoin de mon incapacité à voir le bout de ma souffrance, mais sur l'instant, j'aime penser qu'il sera le souvenir d'une nuit que je désire éternelle. S'il existe une force supérieure, j'aimerais qu'elle puisse entendre mes prières et presse le bouton 'pause'. J'ai besoin de temps pour comprendre mon cœur, j'ai besoin de temps à passer avec Rose.

Malheureusement, celui-ci est toujours en marche et nous n'allons pas pouvoir rester les yeux dans les yeux éternellement sans que cela ne soit étrange. Je me relève et lui tends la main. Elle s'en empare et je ne la lâche pas tandis que je nous guide vers la terre ferme. Dans l'incapacité de nous sécher, nous nous installons sur la plage tout en ayant connaissance du fait que le sable va nous coller à la peau et aux vêtements. La musique résonne au loin, nous sommes face à l'océan, sa main toujours dans la mienne, et même si je n'en ai pas envie, je dois briser le silence. Tant pis si les mots suivants ne doivent pas me plaire.

— Est-ce que je suis le seul à ressentir ce truc entre nous ? Dis-le si je suis fou. Cette alchimie, l'électricité entre nous, est-elle réelle ou est-ce une illusion ?

— Je la sens aussi, me répond-elle faiblement.

Je suis soulagé par cette confirmation. J'en étais presque sûr avant mais j'avais besoin qu'elle le verbalise.

— Pourquoi tu sors avec quelqu'un comme ça ? Il te trompe, il te frappe... qu'est-ce qu'il fait d'autres ?

Je la sens se tendre à côté de moi et sa main serre la mienne plus fort encore.

— J'ignorais qu'il me trompait... Mais je suppose que c'est en accord avec sa personnalité.

— Tu n'as pas l'air plus surprise que ça, ni même affectée.

Elle laisse un blanc, inspire un grand coup et se lance.

— Tu vas peut-être me trouver horrible mais... je ne suis pas amoureuse de lui. Je ne le suis plus. Ou peut-être que je ne l'ai jamais été, en fait.

— Horrible ? Non. Tu m'aurais semblé folle si tu l'avais aimé. Mais pourquoi rester avec lui ?

— C'est la question que je continue à me poser jour après jour. Je suppose que je suis idiote ?

— Rose, si je te pensais idiote, nous ne serions pas là en ce moment. Je n'ai aucun intérêt pour les têtes vides.

— Samantha n'avait pas l'air très futée...

— Je vais mettre cette remarque sur le compte de la jalousie. Sam fait des études de médecine et cumule deux boulots ici en été. Elle est débridée, je te l'accorde, et son attitude ne met pas son intelligence en avant, mais je t'assure qu'elle en a plus dans le crâne que tu ne le penses.

Elle reste silencieuse quelques minutes.

— Elle te plaît ? reprend-elle.

— Pas assez pour que je passe la soirée en sa compagnie. Mais c'est une femme intéressante.

Ma réponse semble la satisfaire et je m'en félicite. Je profite d'un silence pour continuer mon interrogatoire, ne cachant ni mes intentions à son égard, ni mes sentiments.

— Que représente Lucas pour toi ?

Elle semble surprise que je connaisse son nom mais se reprend bien vite.

— C'est actuellement l'homme le plus important dans ma vie.

Mon souffle se coupe et mon cœur en prend un grand coup. Je ressens puissance mille ce qu'elle a ressenti lorsque j'ai parlé de Samantha. Je suis partagé entre ma jalousie et le dépit face à tout ce que Rose fait vibrer en moi. Alors que je tente de lâcher sa main et de m'écarter, sa proximité devenant douloureuse, elle me rattrape et me maintient à ma place.

— Lucas est ma seule famille, la seule que je fréquente encore en tout cas.

Sa réponse me soulage immédiatement et je me sens honteux de ne pas lui avoir laissé le temps de s'expliquer. Je serre sa main plus fort et je vois un sourire se dessiner sur ses lèvres délicieuses. Nous agissons comme deux amants alors que nous n'avons pas pris le temps de nous aimer, pas encore. C'est grisant et frustrant à la fois. Rose tourne la tête vers l'océan et j'ai le plaisir immense de l'entendre me parler un peu d'elle.

— Ma mère m'a abandonnée lorsque je n'étais qu'un bébé, confiant ma vie à mon père sous prétexte qu'elle était trop jeune pour s'occuper de l'être vivant qu'elle avait mis au monde. Mais je ne suis pas à plaindre, mon père a été merveilleux, il m'a élevée mieux que quiconque et j'ai été chérie autant par lui que par ma grand-mère paternelle. J'étais la précieuse fleur du foyer, je n'ai pas honte de dire que j'ai été aimée plus que quiconque.

Elle marque une pause et je retiens mon souffle par peur que ma simple respiration la dissuade de continuer. Je veux en savoir plus sur elle, beaucoup plus. Je veux connaître tous ses secrets.

— Mon père est malheureusement mort d'une bien triste façon et je me suis retrouvée seule, ma grand-mère n'étant elle-même plus de ce monde. C'est à ce moment-là que Mikael est entré dans ma vie. Je l'ai rencontré alors qu'il était en vacances ici avec sa famille et au fil des jours, il est devenu un réel soutien pour l'orpheline que j'étais devenue.

— Tu te sens redevable, constaté-je tristement.

— Exactement. Il m'a permis de remonter la pente. Tu sais, il n'a pas toujours été aussi désagréable. Au début de notre relation, il mettait un point d'honneur à toujours me faire sourire, et même rire. J'ai apprécié le début de notre relation et je pense que je m'y rattache.

Elle marque une pause et lève la tête vers le ciel.

— Puis, Lucas a pris contact avec moi un an plus tard. En réalité, il est le frère de ma mère, mon oncle donc. Mais la différence d'âge est tellement moindre que nous nous sommes immédiatement considérés comme des cousins. Il a appris mon existence au cours d'une discussion de famille et il est devenu fou. Il leur en a beaucoup voulu d'avoir gardé ce secret et il ne leur a toujours pas pardonné. Depuis, nous sommes presque tout l'un pour l'autre.

Elle inspire un grand coup et sourit.

— Fin de l'histoire ! déclare-t-elle joviale.

Je ne me retiens pas de rire face à sa candeur qui contraste avec la force d'esprit dont témoigne son passé. Je la trouve rafraîchissante et je me sens très serein en sa présence. Mes doigts sont naturellement noués autour des siens et j'ai ce sentiment de plénitude qui me fait penser que je suis exactement où je dois être, à ma place. En sa présence, j'ai l'impression que même la période noire de ma vie peut s'effacer. Elle et moi avons un lien étrange qui rend notre relation unique. Je ne comprends pas moi-même ce qui se passe entre nous, c'est rapide, fort, intense et incontrôlable. Magique.

Nous restons silencieux de longues minutes, appréciant le bruit des vagues et le vent sur nos visages, et doucement, nos corps se rapprochent. Très naturellement nous nous retrouvons allongés sur le sable, sa tête sur mon bras, mes doigts jouant dans ses cheveux et les siens à plat sur ma poitrine. Je sens son regard sur moi et détache alors mes yeux du ciel pour les plonger dans les siens. Une fois encore, j'aimerais que le temps s'arrête. Nous sommes si proches, son visage à quelques centimètres du mien, c'est irréel. Est-ce l'ambiance de Lacanau qui nous rend ainsi ? Ce titan d'océan qui nous donne la force de nous rapprocher ? Ou simplement le destin qui avait prévu de nous mener l'un à l'autre ?

Ce soir, je goûte au plus délicieux des mets en embrassant les lèvres pleines de Rose. Elles sont tendres et douces, et semblent avoir un goût sucré. Je les embrasse puis m'en délecte de ma langue, avide d'en savourer plus encore. Je donnerais cher pour que ce baiser ne prenne jamais fin, qu'il me paraisse aussi infini que la peine qui m'a accompagné toutes ces années. Mais nous nous séparons, à bout de souffle, et lorsqu'elle pose la tête sur ma poitrine et serre mon t-shirt de ses doigts fins, je trouve l'action tout aussi plaisante que la précédente. Le corps et l'esprit de Rose donnent l'impression d'être faits pour les miens, jamais je ne m'étais senti si connecté à une autre personne, outre ma sœur. Ma petite sirène n'a pas fait que m'envoûter, elle m'a condamné à une vie misérable sans elle. L'idée d'un avenir où elle n'est pas près de moi me semble parfaitement inconcevable et je me promets de tout faire pour la convaincre de nous laisser une chance. À moins que je ne me défile encore une fois. J'ai tendance à fuir le bonheur, c'est mon gros défaut…

NEUF

ROSE

Je sens une douce chaleur sur ma joue qui me donne envie d'ouvrir les yeux mais je suis dans une position trop confortable pour le faire. Mes jambes sont irritées par le sable qui s'y est accroché. Le vent a lui aussi agressé ma peau nue mais je me soucie peu de cet inconfort ou de mon physique probablement peu présentable, je me sens bien à l'intérieur, c'est tout ce qui compte sur l'instant. Je sais que la réalité me rattrapera, que je vais devoir quitter la chaleur qui irradie du corps d'Ethan et que je serai dans l'obligation de reprendre le triste cours de ma vie. Je n'ai besoin que de quelques minutes supplémentaires, un peu de temps pour m'imprégner de son odeur et la laisser me hanter jour après jour. J'ai bien conscience de la torture que je m'impose et le choix intelligent serait de fuir au plus vite, mais la tentation est trop forte pour moi. Je me souviens du goût de ses lèvres, de la tendresse de son baiser et de la fièvre contenue dans son souffle. Je ne pourrai sûrement jamais oublier la réaction de ma peau au contact de ses doigts, l'odeur délicieuse de ses cheveux ou le rythme grisant de sa voix. J'ai probablement ruiné mes chances d'être heureuse avec un autre homme. Même sans compter Mikael, je ne suis pas sûre de pouvoir rencontrer une personne capable de surpasser Ethan. Bien sûr, c'est ce qu'on dit à chaque fois et la vie nous surprend avec le temps, mais pour l'instant, je suis sincèrement convaincue de n'avoir d'autres choix que d'être avec lui. Je ne suis juste pas certaine de réussir à me séparer de celui qui partage ma vie depuis plusieurs années.

Je devine que je me suis rendormie lorsque je suis réveillée par la caresse des doigts d'Ethan sur mon front et ma tête. Quand il me voit ouvrir les yeux, il dépose un baiser sur ma tempe en me murmurant un « Bonjour » ensommeillé. Le désir de me réveiller à ses côtés chaque jour pour entendre cette voix grave et ensorcelante est soudain et puissant, effrayant même. J'enfouis mon visage dans son cou par peur qu'il ne puisse lire mes sentiments sur mon visage, et embrasse tendrement sa peau délicieuse que je rêve de goûter depuis que j'ai eu un aperçu de sa saveur, la veille.

— Ne fais pas ça, tu ne sais pas ce que j'ai envie de te faire.

— Fais-le, soufflé-je en réponse à son propre murmure.

— Les touristes apprécieraient sûrement le spectacle.

Je l'entends rire et réalise soudain que nous ne sommes pas seuls sur la plage. Ce qui signifie que la matinée est bien avancée et que je suis en retard. Stecy doit se demander ce que je fabrique. Je me lève précipitamment sous le regard interrogateur d'Ethan.

— Je suis en retard !

Me voir paniquer semble l'amuser et je devine qu'il n'est pas du genre à s'embarrasser des contraintes qu'engendre le désir de ponctualité. Alors que je m'apprête à partir, il m'attrape la main et y dépose un baiser en me souhaitant de passer une bonne journée. Je tombe à genoux et lui dévore la bouche sans me soucier de mon éventuelle mauvaise haleine. Un peu gênée par cet élan de passion, je pars sans un mot de plus et sans me retourner.

J'ai la chance de trouver ma maison vide et je peux me doucher sans avoir à subir un interrogatoire de Mikael. Lorsque j'arrive à la boutique, je suis essoufflée. Stecy écarquille les yeux et se met à rire, surprise de mon retard et de mon état. C'est la première fois, de toute ma vie, que je ne suis pas là à l'ouverture de mon magasin.

Mon amie pose son matériel et met en pause ce que je devine être un nouveau modèle, elle pivote vers moi et m'invite à lui raconter ce qui m'est arrivé. Et je le fais avec beaucoup de joie. Je devrais probablement me sentir honteuse d'avoir trompé mon petit ami mais je suis trop prise dans mon tourbillon de bonheur pour réaliser que mon comportement n'est pas correct. Alors je lui raconte tout, autant que je le peux en tout cas.

— Voilà un mec qui a du cran, dit-elle en riant.

— C'est le moins qu'on puisse dire…

— Oh, oh ! Je connais ce regard ! Il y a de l'amour dans l'air !

— Je ne peux pas encore parler d'amour, c'est trop tôt.

— Selon quels critères ?

— Je ne sais pas, ceux de la vie ?

— N'importe quoi.

— Bref, à ton tour ! Tu me dois des explications, entonné-je, excitée à l'idée de comprendre enfin.

— De quoi tu parles ?

— Mon cousin, j'ai vu ta façon de le regarder, ton comportement. Tu étais… différente.

Stecy se referme immédiatement et je regrette d'avoir abordé ce sujet que je sais sensible pour mon amie.

— Pardon, je me suis laissée emporter. Je pensais que tu aimerais m'en parler un peu, lui dis-je tristement.

— C'est juste que je ne sais pas quoi dire…

Sa voix est proche du murmure et je la vois remonter ses jambes sur le tabouret pour encercler ses genoux de ses bras. Elle me semble si fragile à cet instant, tout l'opposé de sa personnalité habituelle, mon cœur en prend un coup.

— Il est très beau, c'est un fait. Je l'avais déjà vu sur la plage et je l'avais déjà croisé sur les vagues, d'une certaine façon. C'est un bon surfeur. Peut-être pas autant que mon frère mais il a peu à lui envier.

Un doux sourire se dessine sur ses lèvres à la mention de son frère. Je la sais très proche de lui.

Elle n'est jamais entrée dans les détails mais m'a expliqué quelques années plus tôt qu'il lui est indispensable, que sa maison se trouve où il est et qu'il est son point d'ancrage. Je suis fille unique, je lui envie donc cette relation fusionnelle.

— J'aime… quand il sourit, dit-elle, presque trop bas pour que je sois sûre d'avoir bien compris.

— Il sourit souvent, dis-je pour avoir confirmation.

— C'est vrai…

— Alors, il te plaît ?

— Oui, mais il restera simplement un beau rêve.

Je m'apprête à lui demander pourquoi lorsque la porte de la boutique s'ouvre sur une personne que j'aurais aimé ne jamais revoir. Justin Anderson n'a pas dû apprécier l'absence de réponse à ses courriers et a fait le déplacement en personne.

Je me lève d'un coup, le visage dur et froid, alors qu'il avance vers le comptoir en regardant autour de lui de son air supérieur. Je le sens juger la décoration et les produits, ce qui a pour effet de me faire sortir de mes gonds avant qu'il n'ait le temps d'ouvrir la bouche.

— Comment osez-vous mettre les pieds ici ?!

— Ne vous énervez pas, Mlle Williams, j'ai une proposition à vous faire. Celle-ci vous plaira sûrement.

— Si elle inclut que vous cessiez de la harceler et que vous dégagiez maintenant, je suis sûre que Rose l'acceptera, intervient Stecy.

Justin lui lance un regard dédaigneux et continue.

— Je comprends que vous teniez à faire honneur à la mémoire de votre papa, Rose. Je peux vous appeler Rose ?

— Non, répondis-je immédiatement.

— Mais la plage est moins fréquentée qu'à l'époque et il serait bénéfique pour vous de vendre tant que je vous fais une bonne offre, continue-t-il comme si de rien n'était. Attendre pourrait causer une importante perte financière.

— M. Anderson, je sais que vous êtes loin d'être l'homme gentil pour lequel vous essayez de vous faire passer. Et si mon silence n'a pas été assez clair, je vais vous le dire une fois pour toutes, je ne vendrai jamais cette boutique. Je vous demande de partir et de ne plus revenir, sans quoi je ferai appel à la police.

— Qui pensez-vous être pour me traiter comme un criminel, espèce de petite…

Je vois son visage se déformer par la colère et la main qu'il lève, probablement juste pour montrer son mécontentement et non me frapper, est interceptée par Lucas. Il lui tord le bras dans le dos.

— Je crois que la demoiselle a demandé quelque chose.

— Qui… qui êtes-vous ? demande-t-il, peu sûr de lui, le bras probablement douloureux.

— Son ange gardien, répond mon cousin en souriant.

Lucas relâche Justin qui s'éloigne immédiatement et prend la fuite en jurant de me le faire payer. Je soupire, déçue que cette journée qui avait si bien commencé soit teintée par la visite de ce repoussant personnage.

Je m'approche de Lucas pour le saluer et le remercier lorsque je vois Stecy passer à côté pour sortir. Je devine que la présence de mon cousin la met dans cet état et j'en oublie le cas Anderson immédiatement. Je suis terriblement curieuse.

— Qu'est-ce que tu as fait à mon employée pour qu'elle te fuit comme ça ?

— Rien, au contraire, je l'évite, généralement.

— Pourquoi ? demandé-je, étonnée par sa réponse.

— Parce que je la trouve terriblement désirable mais qu'elle a l'air de traîner plus de casseroles que toi et moi réunis, et qu'elle a presque dix ans de moins que moi.

L'honnêteté de mon cousin est désarmante. Il aurait pu mentir, dire qu'il n'est pas au courant, qu'il ne la connaît pas ou même qu'elle ne lui plaît pas. Mais non, il me dit la vérité, toujours. C'est une des raisons pour lesquelles je l'aime tant. Et les gens disent que c'est un trait de caractère que nous avons en commun, tous les deux. J'aime qu'on me trouve des ressemblances avec cet homme merveilleux.

— Ne me regarde pas comme ça, Rose.

— C'est juste que tes arguments sont discutables.

— Je pense que ma situation est assez compliquée comme ça. Tu ne crois pas ?

Il a beau sourire en disant ça, j'ai beaucoup de peine pour lui. Sa vie n'est pas des plus aisées et je comprends qu'il ne veuille pas ajouter une relation amoureuse à l'équation. Je me contente donc de le serrer dans mes bras et il me rend mon étreinte avec beaucoup de tendresse.

DIX

ETHAN

Ma sœur m'a donné rendez-vous au restaurant du coin, sous prétexte qu'elle a un besoin irrationnel de dévorer le plat classique de l'été, des moules frites. Je cède toujours à ses caprices. Depuis certains événements, je suis incapable de lui dire non.

Je l'attends depuis déjà trente minutes et je ne suis pas d'un naturel patient. Je m'apprête à quitter la terrasse et à rentrer chez nous, pensant qu'elle a peut-être oublié notre rendez-vous, lorsque je vois un visage qui m'est familier mais me révulse. Mikael. Il est assis à une table proche de la mienne alors que je ne l'avais pas remarqué avant. Un homme qui m'est inconnu, mais m'inspire tout aussi peu, l'accompagne. Encore plus décidé à partir afin d'éviter un repas gâché, je ne serais pas resté si je n'avais pas entendu Rose être mentionnée. Je ne l'ai pas vue depuis presque une semaine et entendre son prénom me serre le cœur.

Depuis notre tendre nuit sur la plage, je n'ai rien fait pour la revoir. Je n'ai pas son numéro de téléphone et je ne sais ni où elle vit ni où elle travaille mais j'aurais très bien pu la chercher ou simplement demander à Lucas. Lui, au moins, je sais où le trouver. Mais j'ai préféré m'éloigner et faire le point sur mes sentiments avant d'entreprendre quoi que ce soit avec elle. Elle mérite mieux qu'un homme indécis, et considérant son petit ami du moment, on peut dire qu'elle a assez souffert. Elle est digne d'un partenaire de qualité. Mais le suis-je ? Puis-je être à la hauteur d'une femme comme elle ? Je me sens bien en sa compagnie, trop bien. Mon cœur réagit différemment en sa présence et je me sens un peu effrayé par ce trop-plein d'émotions. Mais surtout, je ne suis pas sûr d'être en mesure de lui offrir ce qu'elle mérite. J'habite à des kilomètres de Rose et je doute qu'une relation à distance soit ce qu'elle désire. Quant à la possibilité de vivre à Lacanau, elle me semble être un acte précipité. Tout m'apparaît comme étant trop rapide, trop brusque. Rose n'est qu'une femme, belle à se damner, certes, mais une femme quand même. Je ne peux pas changer toute mon existence pour une personne qui a des sentiments tellement éloignés des miens qu'elle n'envisage même pas de quitter son petit ami, aussi horrible soit-il. Nous ne sommes pas sur la même longueur d'ondes. J'ai peur que cette sirène se lasse de moi trop rapidement et qu'il me soit impossible d'oublier son chant par la suite. Je me torture l'esprit depuis sept jours, ne cessant jamais de penser à Rose. Mais aucune réponse correcte ne m'est apparue.

Je suis tiré de mes pensées agitées par les deux hommes derrière moi dont la discussion me fait monter en pression.

— Elle a menacé d'appeler la police si je revenais et un grand blond un peu fou m'a presque brisé le bras, dit l'homme que je ne connais pas.

— Lucas… C'est son cousin, c'est lui qui m'a fait ça.

Je ne vois pas son visage mais je devine qu'il lui montre son nez bien amoché. J'ai tout à coup beaucoup d'affection pour le cousin – l'oncle, plutôt – de Rose et je me retiens de rire. Je ne veux pas être repéré.

— Tu dois la convaincre de vendre, par tous les moyens.

— J'essaie depuis des années…

— Alors essaie mieux que ça ! le coupe l'homme. Si tu veux ton argent, tu as plutôt intérêt à te montrer convaincant.

J'entends Mikael grogner et l'inconnu se lève, faisant racler sa chaise sur le sol. J'ose un regard vers leur table et remarque que le petit ami de Rose est effectivement seul.

L'enfoiré essaye de la faire vendre pour se faire de l'argent sur son dos. Je ne la connais peut-être pas beaucoup mais je suis certain que son commerce a une haute importance pour elle. Elle l'a hérité de son père et m'en a parlé avec émotion. Je ne peux pas rester sans rien faire, je vois rouge. Je me lève et attrape Mikael par le col de son polo bon chic bon genre.

— C'est quoi ton problème, putain ?! m'agressa-t-il.

— Mon problème ? Et le tien ? Ne joue pas au con avec Rose ou tu vas le regretter. Je n'hésiterai pas à lui dire quel genre de merde tu es.

Il se dégage et se lève d'un coup, me repoussant.

— Elle ne te croira jamais. Je suis avec elle depuis des années, je la connais par cœur. Pendant que tu baisais des punks dans ton genre, je séchais ses larmes.

— Dans le seul espoir de te la mettre dans la poche et de lui faire faire ce que tu veux. Tu la prends pour un objet, tu te joues de ses sentiments. Je suis sûr que tu ne l'as même jamais aimée.

Je vois un sourire mesquin se dessiner sur son visage et j'ai envie de le défigurer, de lui ôter ce regard dédaigneux et cette mine supérieure. Il sort de l'argent qu'il laisse sur la table et ajoute quelques mots, sur le départ.

— Tu t'es amouraché de ma copine, comme c'est mignon. Mais tu n'es pas son genre. Regarde-toi, et regarde-moi. Rose est une femme de qualité, elle aime les hommes élégants, pas les merdeux dans ton genre.

C'est à moi de sourire, cette fois.

— Tu crois la connaître ? Est-ce que tu sais qu'elle peut gémir d'un simple baiser ? As-tu déjà pris le temps de sucer la peau de son cou juste pour le plaisir de la sentir vibrer contre tes lèvres ?

— Espèce de fils de…

Je recule, laissant deux serveurs intervenir et contenir Mikael qui est prêt à se jeter sur moi. Je suis étonné de ne pas avoir ressenti cette électricité d'envie que provoque toujours en moi l'idée d'une bagarre. Peut-être est-ce l'air marin.

Il hurle comme un fou et je prends un plaisir monstre à voir son visage se déformer sous la colère. J'ai obtenu ma petite vengeance et je n'ai même pas eu à mentir. Mais j'ai peur qu'il laisse sa rage retomber sur Rose, à défaut de pouvoir s'en prendre à moi. Je veille donc à assurer le coup.

— Demande à ta copine ce que je lui ai fait. Profites-en pour lui raconter notre rencontre, j'aurais l'occasion de lui parler de la tienne comme ça.

Je me doute qu'il ne tient pas à ce que je parle de son rendez-vous avec l'inconnu et qu'il saura éviter de faire une erreur. Il a peut-être raison sur le fait que Rose ne me croira pas mais s'il met les bases en place pour moi en lui racontant qu'il m'a vu, il donnera de la crédibilité à mon histoire.

En partant, je croise ma sœur sur la route. Elle arrive en trottant et s'excuse pour son retard. Je lui annonce que nous devons reporter les moules frites à plus tard et même sa moue ne me fait pas culpabiliser, je suis trop en colère pour me soucier de quoi que ce soit. J'ai tenu tête à Mikael et je suis plutôt content de m'être contrôlé, mais je suis malgré tout révolté par ses propos et ce qu'il essaye de faire. Rose me semble être une personne de caractère mais, en présence de son petit ami, je la sens plus faible, comme s'il avait réussi à la changer et à faire d'elle l'objet de ses désirs. Je suis terrifié à l'idée qu'il réussisse à la faire plier car je suis persuadé qu'elle le regrettera ensuite.

— Allô ?

— Tu m'as parlé ?

Je ne l'ai même pas entendue.

— Je te demande ce que tu veux manger. T'es perché, t'as fumé quelque chose ?

— Non, non, j'étais ailleurs. Fais ce qui te plaît, tout me va.

Nous sommes arrivés à notre appartement de location et je ne l'ai même pas remarqué. Je me laisse tomber dans le canapé et attends que ma sœur fasse chauffer ce qui me semble être des spaghettis à la bolognaise. Après quelques minutes, elle dépose une assiette devant moi et s'assoit sur le fauteuil d'à côté en prenant la sienne sur ses jambes. Je lui remarque un air contrit et l'interroge. Elle me raconte alors sa rencontre avec un homme qui semble charmant, selon son récit, et je comprends vite où se trouve le problème. Prisonnière de son passé, Stecy n'a pas eu de petit ami depuis le précédent que j'ai presque tué. Bien que moi-même inquiet et un brin protecteur à son égard, je me dois de l'encourager à aller de l'avant. Elle mérite de trouver le bonheur et si pour cela elle doit être avec quelqu'un, il faut qu'elle échappe à ses démons et fasse un pas vers l'avant.

— Je sais que c'est difficile, Cycy, mais tu dois te laisser une chance.

— M'appelle pas comme ça, j'ai plus dix ans…

Elle me jette un bout de pain avant de continuer.

— De toute façon, je ne pense pas que l'attirance soit réciproque. Il met un point d'honneur à m'éviter, c'est peut-être mieux.

— C'est qui ce mec de toute façon ? demandé-je en aspirant une fourchette de spaghettis.

— Il s'appelle Lucas, c'est le proprio de l'école de surf.

À la mention du nom de l'oncle de Rose, j'avale de travers. Ma sœur se précipite pour me taper dans le dos, manquant de faire tomber son assiette. Les larmes me montent aux yeux et lorsque ma toux se calme, je bois une gorgée d'eau. Un mal de crâne vient de pointer le bout de son nez et pas seulement parce que j'ai manqué m'étouffer.

Il a fallu que ma sœur soit attirée par un membre de la famille de Rose, le seul qu'elle a. Je n'ai rien à lui reprocher mais j'aurais préféré que nos vies sentimentales ne soient pas aussi étroitement liées. Chacun de son côté.

Penser à ma petite sirène pour la énième fois de la journée ne fait que renforcer mon désir de la voir mais accentue le flou de mes sentiments. Je suis sûr de devoir mettre de l'ordre dans mon cœur et dans ma tête avant de revoir Rose, j'ignore juste combien de temps cela prendra et le manque d'elle est déjà grand.

ONZE

ROSE

Je n'ai pas vu Ethan depuis presque deux semaines et j'ignore si c'est dû à une erreur de ma part ou de la sienne. Je déteste ce sentiment de culpabilité qui m'a envahie. Je me sens dépendante de cet homme que je connais depuis moins d'un mois et mon désir pour lui me pousse à me remettre en question et à m'accuser de tous les maux. Je ne veux pas être ce genre de femme qui se perd dans un homme. C'est ironique, considérant ma relation avec Mikael, mais c'est différent car je suis consciente de ne pas l'aimer. Mais Ethan… J'ai beau tenter de me convaincre du contraire, mon cœur crie d'amour. Officiellement, j'ai toujours un petit ami, mais en réalité, il ne vit plus avec moi. Je lui ai demandé de partir et de me laisser un peu d'air pour respirer et réfléchir. Il est trop souvent sur mon dos et même s'il fait des efforts pour arranger les choses entre nous, je ne suis pas sûre d'avoir envie que notre relation s'améliore. Parce que je me découvre des sentiments amoureux pour Ethan, oui, mais aussi parce que je veux redevenir la femme que j'apprécie, la fille dont mon père était fier. Et rester avec un homme qui a levé la main sur moi, même par erreur, n'est pas l'image que je me fais d'une jeune femme équilibrée. Je ne juge pas celles qui le font, qui suis-je pour savoir ce qu'elles ressentent ? Mais je ne veux pas être comme ça.

Mikael a étonnement bien pris ma requête et m'a laissée de l'espace. Je ne l'ai pas croisé depuis, pas plus qu'Ethan…

Les yeux rivés sur la pièce à laquelle j'apporte quelques modifications, je manque de me piquer le doigt en voyant entrer celui qui hante mes jours et mes nuits. Mais mon sourire se fane immédiatement lorsque j'aperçois la belle brune accrochée à son bras. Je me sens soudainement très stupide d'avoir cru à ses belles paroles sur la plage et d'avoir une fois de plus été à l'opposé de celle que je souhaite être. Je ne suis pas de celles qui se laissent avoir par les phrases vides des charmeurs et pourtant c'est ce qui m'est arrivé, je ne peux que le reconnaître. J'inspire un grand coup, me pare d'un masque stoïque et indifférent, et les accueille comme n'importe quels clients.

— Bonjour. En quoi puis-je vous aider ?

— Rose…

— Vous cherchez peut-être un vêtement précis ? continué-je comme si je n'avais pas entendu.

— Sam, tu ne voulais pas aller acheter une glace ? Je te rejoins.

Celle qu'il appelle par un surnom nous dévisage tour à tour et me lance un regard mi-glacial mi-rieur. Ma haine pour elle est plus forte que tout et j'ai un mal fou à me contenir. Je suis soulagée lorsqu'elle quitte ma boutique, non sans avoir déposé un baiser sur la joue d'Ethan. Je me retourne pour regagner mon comptoir et il me suit.

— Il faut que je te parle.

— Vraiment ? Tu te réveilles maintenant ?

— Rose, je suis sérieux, c'est à propos de Mikael.

— Tu te fous de moi ?! explosé-je. Tu ne donnes pas de nouvelles, tu fais le mort, puis tu te pointes à mon magasin avec cette fille et tu oses me parler de mon copain ?!

— Je ne savais pas que c'était ta boutique…

— Ce n'est pas le sujet ! le coupé-je. Sors d'ici, pars et ne reviens pas.

— Je vais le faire, si c'est ce que tu veux, je le ferai. Mais avant ça, il faut que tu m'écoutes, putain !

— Vas-y, je te donne une minute.

Il semble soulagé mais ça ne calme pas ma fureur.

— J'ai surpris Mikael avec un homme, il y a peu de temps, ils parlaient de te faire vendre ton commerce. Je ne sais pas exactement ce qu'il en est mais Mikael n'est pas qui tu penses, il se sert de toi et veut te faire vendre pour récupérer une part.

Je ne me rends pas immédiatement compte que je pleure, mais lorsque je sens les larmes rouler sur mes joues, je ne fais rien pour les essuyer. Je reste les bras croisés, immobile. Je vois l'émotion passer sur le visage d'Ethan mais je ne m'en soucie pas. Je compte soixante secondes dans ma tête et lorsqu'elles sont passées, je prends la parole le plus calmement possible.

— Tu penses que je ne connais pas Mikael, mais la vérité c'est que tu es celui qui reste un mystère pour moi. Mikael a des défauts, peut-être que ce que tu dis est vrai, peut-être pas, mais je sais à quoi m'attendre avec lui. Il ne se joue pas autant de moi que tu le fais. Tu me fais entrevoir une relation plaisante pour ensuite me laisser en plan. Tu me couvres de belles paroles, me fais me sentir unique, mais au final, je ne suis rien pour toi, rien du tout.

— Dit celle qui me veut mais reste avec son mec.

— Je suis avec lui depuis des années, excuse-moi d'avoir du mal à le quitter. Quelle est ton excuse pour cette fille si ce n'est qu'elle baise bien ?

— Tu es vulgaire.

— Et toi, tu es un connard. Sors d'ici et ne reviens pas.

— Avec plaisir.

Il ne demande pas son reste et sort, probablement pour rejoindre cette fille que je déteste alors même que je ne la connais pas.

Plus pathétique que jamais, je m'effondre sur mon tabouret et mets mon visage entre mes mains pour y pleurer toutes les larmes qui ont menacé de couler ces derniers jours. Comment un homme entré dans ma vie il y a quelques jours seulement peut-il être la cause de tant de peine ? Je me sens très fatiguée et je n'ai qu'une envie, oublier Ethan.

Malheureusement, les jours passent et je ne parviens pas à le sortir de mon esprit. Stecy s'inquiète de mon état, alors je prends sur moi pour paraître plus joyeuse. Mon cousin m'interroge lui aussi mais je préfère me taire que de prononcer le nom de celui sur qui je me suis bêtement fait des idées. Je me sens terriblement stupide. Plus que de naïveté, j'ai fait preuve de bêtise. Je m'en veux de m'être laissée prendre au piège et j'accuse mon cœur de tromperie. Il m'a trahie en tombant amoureux de cet inconnu en un rien de temps.

De son côté, Mikael se montre plus gentil et prévenant. Sans m'imposer sa présence, il passe me voir de temps en temps pour prendre des nouvelles. Je lui propose d'entamer une relation amicale et de voir où cela nous mènera, ce qu'il accepte avec beaucoup de joie. Son sourire heureux me procure un sentiment de bonheur et je me fais la réflexion qu'en dépit de ses défauts, il y a du bon en lui. Je ne suis peut-être pas un si mauvais juge de la gente masculine.

Quelques jours plus tard, je croise une personne que j'aurais aimé ne jamais revoir, Samantha. Dans sa tenue minimaliste, les chaussures à la main, elle remonte la rue à une heure très matinale, trop même. Elle m'aperçoit elle aussi et, si je comptais l'éviter, c'est raté car elle a des intentions bien différentes.

— Tu es bien matinale, m'aborde-t-elle, faussement aimable.

— Je peux dire la même chose de toi.

— Pas vraiment, en fait, je vais me coucher.

— Alors, bonne nuit.

Je veux écourter la discussion. Elle, non.

— J'ai déjà passé une excellente nuit.

Je savais ce qu'elle allait dire.

— C'est rare, un homme qui connaît si bien le plaisir féminin. Je comprends que tu ne parviennes pas à l'oublier. Ethan est terriblement bon au lit.

— Contrairement à toi, je ne couche pas avec le premier venu. Je ne peux donc pas juger de ses performances sexuelles, dis-je, cinglante, plongeant mes yeux dans les siens.

— Alors tu es plus bête que je ne le pensais.

— J'ai du respect pour mon corps, je ne vois pas en quoi c'est de la bêtise.

— Tu l'as laissé baiser ton cœur mais tu n'as rien retiré de son corps. Mes sentiments sont intacts et j'ai eu assez d'orgasmes pour être de bonne humeur toute la semaine. Qui de nous deux s'en sort le mieux ?

Sa remarque fait mouche car elle sonne très vraie à mes oreilles. Je me suis offerte à lui d'une manière bien plus intime que Samantha.

Elle a remarqué qu'elle m'avait touchée et me laisse là, m'offrant un dernier sourire narquois. Je n'ai certes pas vendu mon corps au rabais mais j'ai laissé un beau parleur voler mon cœur. Il m'est douloureux de l'admettre mais elle a raison, je me suis fait flouer.

DOUZE

ETHAN

Combien de jours sans elle ? Est-ce plutôt des semaines ? J'ai un sérieux problème avec le temps, mes rapports avec lui sont très loin d'être amicaux. Généralement, il se moque de moi, ses aiguilles rigolent en me fuyant et les minutes qui passent ne manquent pas non plus de me rire au nez. Je ne suis définitivement pas ami avec le temps. C'est à cause de lui que j'ai l'impression de connaître Rose depuis toujours et que mes sentiments sont plus forts qu'ils ne le devraient.

Elle me manque, je deviens fou sans elle et je n'ai pas d'autres choix que d'admettre que je suis tombé amoureux d'une fleur aussi jolie que dangereuse. Mais cette révélation est plus dure encore à encaisser maintenant que j'ai ruiné toutes mes chances en lui laissant croire qu'il se passait quelque chose entre Samantha et moi. Je n'avais pas l'intention de la rendre jalouse, je suis entré dans sa boutique car la brunette qui m'accompagnait avait envie de voir plus de produits que ceux présentés en extérieur. Mais je n'étais avec elle que parce que j'apprécie sa compagnie, en tant qu'amie. Contrairement à l'image qu'elle renvoie, c'est une femme intéressante qui sait tenir une discussion. Je ne la vois pas souvent mais j'ai eu la malchance d'être avec elle le jour où j'ai refait face à l'élue de mon cœur. Je m'en veux mais je ne peux pas revenir en arrière. Il m'est impossible d'effacer sa présence ou mon comportement. D'une certaine façon, j'en veux aussi à Rose de ne pas quitter Mikael. Je ne supporte plus de l'imaginer avec lui et puisqu'elle a connaissance de ses actes, pourquoi reste-t-elle prisonnière de ses filets ? Elle mérite ce qu'il y a de meilleur, j'en suis convaincu, depuis le premier jour. Mais suis-je le meilleur pour elle ?

Je suis confus, et rester à ruminer dans l'appartement n'arrange en rien mon cas. Ma sœur commence à s'inquiéter pour moi et j'ai fini par, moi aussi, être inquiet de mon état. Cela ne me ressemble pas de me morfondre ainsi. L'amour n'est pas un concept qui m'est familier et je ne sais pas comment me comporter, mais je suis certain que rester à attendre n'est pas la bonne solution. J'ai besoin de la voir, de lui présenter des excuses et de lui expliquer. Je refuse de penser que notre relation est sans espoir.

J'arrive au magasin et je suis surpris de découvrir ma sœur derrière le comptoir où se trouvait Rose la dernière fois. Elle lève la tête et s'apprête à me saluer mais se fige en me reconnaissant.

— Qu'est-ce que tu fais là ? lui demandé-je.

— C'est plutôt à moi de te poser la question. T'es sorti de ton état de végétation ? Comment t'as su où je travaillais ?

— Je le savais pas, c'est pas toi que je viens voir.

Avant qu'elle n'ait le temps de poser la question évidente, Rose sort de l'arrière de la boutique, des morceaux de tissu plein les bras. Elle s'arrête net en m'apercevant. Je vois différentes émotions sur son visage mais l'expression colérique et le ton brutal qu'elle choisit d'employer ne sont pas mes préférés.

— Qu'est-ce que tu fais là ?

— C'est exactement ce que je lui ai demandé, ajoute Stecy.

J'ai effectivement provoqué la même réaction chez les deux femmes. Je comprends rapidement que Rose est la personne qui emploie ma sœur chaque été et je me sens stupide de ne jamais l'avoir su. Elle parle si souvent de cette amie que j'aurais normalement dû la reconnaître les yeux fermés. Paradoxalement, je n'ai pas passé beaucoup de temps avec elle, donc mon ignorance est plutôt logique.

— Tu connais mon frère ? demande Stecy à Rose.

— Ton frère ?

Je lis la surprise sur le visage de ma sirène et les rouages se mettent en marche dans la tête de celle qui partage mon sang. Je devine qu'elle comprend la situation à son tour.

— C'est lui, l'inconnu ?!

— L'inconnu ? répété-je. Tu lui as parlé de moi ? demandé-je cette fois à la propriétaire des lieux.

Rose ne peut s'empêcher de rougir et je prends positivement cette preuve de la gêne qu'elle ressent. Elle n'est finalement pas totalement hermétique et je ne l'ai peut-être pas définitivement perdue.

Elle baisse la tête sur ses tissus et s'abstient de répondre. Du regard, je demande à ma sœur de nous laisser et elle comprend immédiatement, sans que j'ai besoin de parler.

— Je prends une pause, je reviens !

— Quoi ?! s'écrie Rose.

Elle voulait l'arrêter, consciente qu'elle allait se retrouver seule avec moi, mais ma sœur a été rapide et elle est sortie presque en courant. Je me retiens de rire car je suis sur une pente glissante avec la jeune femme et je ne veux pas aggraver mon cas ou me faire mettre dehors avant d'avoir le temps de lui parler.

Après plusieurs minutes de silence où Rose me tourne le dos, faisant comme si je n'existais pas, je m'approche d'elle. Je me tiens derrière elle, à moins d'un mètre, et me lance dans un discours à voix basse, par peur de la brusquer.

— Je suis désolé de ne pas t'avoir donné de nouvelles. Je comprends que tu aies pu penser que je n'en avais rien à faire de toi, mais en réalité je ne savais pas quoi faire.

Je marque une pause.

— Rose, je n'ai jamais ressenti pour quelqu'un d'autre ce que je ressens pour toi, surtout pas aussi rapidement. Je ne sais pas comment gérer ce nouveau sentiment. La fuite n'était peut-être pas la meilleure solution mais je n'en connaissais pas d'autres.

Elle reste statique et muette. Je m'approche alors d'elle et passe mes bras autour de son corps. Je m'attends à être repoussé, voire giflé, mais, contre toutes attentes, elle se retourne dans mes bras et me serre de toutes ses forces. Ses doigts s'accrochent à l'arrière de mon t-shirt avec une passion et un désespoir qui s'accordent tristement à ses sanglots. Je m'en veux tellement de lui faire du mal et je ne sais pas comment rattraper mon erreur. Je décide de lui prouver mes sentiments en la serrant contre moi avec tendresse. J'embrasse sa tête et fais de petits cercles dans son dos jusqu'à ce qu'elle se calme. Lorsque c'est le cas, elle s'essuie les yeux et plonge son regard dans le mien.

— Je ne sais plus quoi faire, chuchote-t-elle.

— Commence par me pardonner, je t'en prie.

— Bien sûr que je te pardonne. Je suis autant coupable que toi, j'étais juste trop peinée pour le reconnaître…

Elle porte sa main à mon visage et commence à en tracer les traits avec beaucoup de délicatesse. Elle donne l'impression de vouloir mémoriser les détails qui me composent et je fais de même, la voyant en plein jour et de si près pour la première fois. Le geste est si intime, si puissant… Rose est magnifique, je suis particulièrement friand de ses longs cheveux et j'y glisse mes doigts avec beaucoup de plaisir. Je passe de l'admiration au désir et mes lèvres viennent s'écraser contre les siennes de manière incontrôlée. Je ressens le besoin indécent de savoir si j'ai rêvé son goût la dernière fois ou si elle est aussi savoureuse que dans mon souvenir.

Elle l'est, ses lèvres sucrées sont plus que délicieuses et je les dévore, incité par ses mains qui descendent sur mon torse. Je sens ses doigts à travers le tissu fin de mon t-shirt et pose mes propres mains sur son dos. J'ai bien conscience d'être en train de la consumer en pleine journée, dans sa boutique, mais je n'y peux rien. J'ai gardé mes sentiments et mon désir en cage pendant de trop longues semaines et je ne peux que les laisser exploser à présent. Je veux plus, tellement plus, je la veux tout entière, corps, cœur et âme. Mais ses lèvres se détachent des miennes, à mon grand regret. Essoufflé, je pose mon front contre le sien. Elle est incandescente contre ma peau et j'ai un mal fou à ne pas l'allonger sur ce comptoir en bois pour la prendre aussi sauvagement que mes fantasmes me l'ordonnent.

— J'ai quitté Mikael, me dit-elle faiblement.

Si la surprise est ma première réaction, je ressens ensuite une immense joie et je ne peux la réprimer. Un grand sourire s'installe sur mon visage mais je ne lui laisse pas le temps de trop en profiter car déjà je l'embrasse à nouveau, plus insistant encore que la fois d'avant. Je colle mon corps au sien et je suis surpris de découvrir que les deux se moulent parfaitement. Sentir sa poitrine contre la mienne fait monter mon excitation et je m'autorise à passer ma main sur ses hanches puis sur ses fesses rebondies. J'aurais donné cher pour lui retirer ses vêtements encombrants et la faire mienne, mais la réalité me rattrape avec le retour de Stecy. Quand elle se racle la gorge, je me détache à contrecœur des lèvres de Rose dont les joues s'empourprent. Mais ma jolie fleur ne tente pas de mettre de la distance entre elle et moi, au contraire, elle cache son visage au creux de mon cou et je peux humer le parfum de ses cheveux sous le regard bienveillant et le visage souriant de ma sœur. Mon cœur déborde d'amour et je découvre la signification du mot 'bonheur' par la même occasion.

TREIZE

ROSE

Lorsque j'ouvre la boutique, le lendemain, je ne peux arrêter de sourire. Cela en deviendrait presque indécent, ou effrayant, au choix. Je ressens une intense chaleur dans la poitrine et cela fait un bien fou après ces quelques jours douloureux. Je déborde d'énergie et je me sens prête à affronter la journée, quoi qu'elle me réserve. Tout me semble plus agréable et si la moindre difficulté se présente à moi aujourd'hui, il me suffira de penser aux bras d'Ethan qui me serreront ce soir. Je me sens un peu simplette à me réjouir de si peu mais n'est-ce pas ça le bonheur, des petits détails qui font toute la différence ?

Quand Stecy arrive, elle apporte avec elle un déjeuner qui provoque une symphonie de gargouillements dans mon estomac.

— Je connais quelqu'un qui a faim, dit-elle, moqueuse.

De manière que certains qualifieront de peu féminine, je me jette sur la barquette de frites et le panini au poulet que mon amie m'offre. Elle s'assoit à côté de moi et se moque gentiment en me voyant engloutir le repas.

— J'ai l'impression de voir une autre personne.

— La nourriture fait de moi une tout autre femme, que veux-tu.

— Si tu viens te plaindre que tu as pris du poids, je te fais courir sur la plage jusqu'à l'évanouissement.

C'est la voix de mon cousin qui résonne et quand je lève la tête, je le vois sur le pas de ma porte, en train de secouer la tête. Je devine qu'il m'entend encore me plaindre d'avoir pris deux kilos l'hiver dernier à force de manger des raclettes en sa compagnie. Le souvenir m'arrache un sourire et le voir me rend toujours aussi heureuse.

Je m'essuie la bouche et me dirige vers lui pour l'embrasser sur la joue, puis je l'invite à s'asseoir avec nous. Je sens encore cette drôle de tension entre les deux mais je les trouve plutôt sereins, ce qui est une bonne chose.

— Quoi de neuf par ici ?

— Rose sort avec mon frère, répond Stecy.

— Ton frère ?

— Ethan, le tatoué.

Si Lucas reste de marbre et hoche la tête comme si c'était une évidence, après avoir réalisé de qui elle parle, je m'étouffe de surprise en l'entendant annoncer ça de but en blanc, et mon amie est obligée de me taper dans le dos.

— Qu'est-ce que vous avez tous à vous étouffer ? La dernière fois, c'était Ethan avec les spaghettis et aujourd'hui, toi.

— Pourquoi il s'est étouffé, lui ? interroge mon cousin.

— Je lui ai parlé de toi et…

Stecy s'arrête net et je la vois prendre quelques couleurs sur les joues. Elle tourne la tête mais ne manque sûrement pas le sourire suffisant de Lucas. Ces deux-là flirtent sous mon nez. Impudiques.

Nous passons une bonne partie de l'après-midi à discuter et, quand la soirée approche, j'en viens à demander si mon cousin n'a pas une école à faire tourner.

— Tout ce que je désire se trouve ici, répond-il, presque mystérieux, en regardant Stecy.

Lorsqu'un couple entre dans la boutique, mon amie se lève pour s'en occuper, préférant probablement fuir cette discussion gênante. J'aimerais travailler un peu mon cousin pour en savoir plus sur leur relation, mais je ne pense pas que cela soit très intelligent de faire ça en présence de clients et avec la concernée à quelques pas de nous. Mais, si je choisis d'éviter le sujet de l'amour, Lucas ne s'en prive pas, lui.

— Alors comme ça tu sors avec celui que toutes les vacancières veulent ?

— Je croyais que c'était toi qu'elles voulaient ? J'ai l'impression qu'il y a de plus en plus de jeunes femmes qui veulent apprendre à surfer, hein ?

— Je suis leur second choix, me répond-il en faisant un clin d'œil.

— Pas pour toutes, dis-je, en portant mon regard sur celle qui travaille avec moi.

J'observe alors mon cousin et ami contempler Stecy. Je suis tiraillée par ce que je vois dans ses yeux. J'ai l'impression que son combat intérieur se joue devant moi et l'ambiance semble avoir changé. Si Lucas est un sujet tabou pour Stecy, l'inverse est aussi vrai. Je ne sais pas ce qu'il se passe précisément entre ces deux-là mais cela n'a pas l'air simple. Et si le passé de mon amie est aussi compliqué que le pense mon cousin, je peux comprendre que leur relation le soit tout autant, considérant que lui-même a de lourds bagages.

Dans ces moments-là, je me sens très chanceuse de n'avoir aucun lourd secret et d'être une personne plutôt simple. Aussi simple qu'une femme peut l'être, en tout cas.

Lorsque les clients s'en vont après avoir acheté une robe pour madame et une chemise pour monsieur, Lucas se lève et rejoint Stecy qui est en train de ranger les vêtements qu'ils ont essayés mais n'ont pas achetés. Je n'entends pas la discussion et je ne devrais même pas essayer de les écouter mais je suis vraiment curieuse. Leurs deux corps sont si proches qu'on pourrait s'attendre à une étreinte ou un baiser, mais le visage de mon amie est fermé, presque peiné, et quand mon cousin s'en va, je m'inquiète un peu plus franchement à leur sujet.

— Stecy, je…

Je m'apprête à lui demander si tout va bien mais elle secoue la tête pour m'en dissuader et colle un faux sourire sur son visage.

— Allez, tu devrais déjà être partie. Je fermerai la boutique, va retrouver Ethan avant qu'il ne débarque ici.

— Tu es sûre que ça va aller ?

— Certaine.

Elle m'offre un nouveau sourire et même si je sais qu'il n'est pas sincère, je vais devoir m'en contenter. Stecy n'est pas de celles qui s'épanchent avec leurs amis. Elle a toujours eu un peu de mal à se confier à moi et j'ai toujours eu le sentiment que quelque chose l'en empêchait. Mais j'ignore encore si c'est un problème personnel ou si je suis la cause de ce manque de communication sur les sujets sensibles comme l'amour.

En voyant ma mine abattue, elle me prend dans ses bras. C'est un geste qu'elle fait rarement, peu friande des contacts physiques, et je le savoure car, à l'inverse, j'aime énormément les marques d'affection.

Elle me sourit une fois encore et me pousse vers l'extérieur, en me faisant promettre de m'amuser et en me demandant de ne pas trop user son frère. Je suis surprise qu'elle soit aussi à l'aise avec les blagues coquines, même si celle-ci ne l'inclut pas. Ce n'est donc pas la pudeur qui l'empêche de me parler.

Mais pour ce soir, je vais mettre mes questions de côté car je veux passer un bon moment avec celui qui est aujourd'hui mon petit ami. L'été a si mal commencé que j'estime à présent mériter quelques plaisirs. Des plaisirs qui incluent Ethan, beaucoup, même.

QUATORZE

ETHAN

Quand Rose arrive à notre point de rendez-vous, je lui trouve un visage affecté. Son regard s'illumine lorsqu'elle me voit et mon cœur en prend un violent coup, mais je ne peux m'empêcher de me questionner sur les pensées qui l'ont rendue si soucieuse.

Elle arrive à ma hauteur et quand je l'embrasse, je sens ces fameux papillons dans mon ventre et même mon dos. La sensation est exquise et me pousse à prolonger ce baiser qui s'annonçait pourtant chaste. Je suis obligé de me faire violence pour me détacher de ses lèvres et quand j'y parviens, je pose mon front contre le sien, tenant son visage de ma main.

— Tu es une sirène tentatrice, je l'ai su dès le premier jour, dis-je dans un souffle.

— Ne résiste pas à mon chant, je ne te veux aucun mal.

J'aime qu'elle soit sur la même longueur d'onde que moi et qu'elle ne trouve pas mes propos étranges. Mieux encore, elle y répond naturellement.

Je me détache complètement d'elle et lui prend la main pour que nous nous mettions en route. Je compte sur elle pour me guider car je n'ai pas encore vraiment eu le temps d'explorer Lacanau-Océan. Mais ma petite amie vit ici depuis longtemps et elle m'entraîne à sa suite dans les petites rues qui nous emmènent vers la plage Nord. À côté se trouvent une forêt et des tables pour pique-niquer, ainsi que le camping le plus populaire. Elle me dit que Lucas est ami avec le fils du patron et que si on veut louer un mobil-home ou mettre une tente, ce sera gratuit pour nous. Mais j'aime le confort de l'appartement et je n'ai pas l'âme d'un aventurier. De plus, je pense que c'est le camping où travaille Samantha et je pense qu'il est préférable de l'éviter pour le moment.

Nous nous promenons un moment, main dans la main, et envisageons d'aller sur la plage. Malheureusement, l'éclairage du secteur Nord est défectueux et avec la nuit maintenant tombée, je ne trouve pas le coin très rassurant. Je propose donc à Rose de retourner vers le centre qui est peut-être plus bruyant mais aussi plus sûr.

— Tu as peur du noir, Ethan ? dit-elle, rieuse.

— Non, j'ai peur de ce qui s'y cache.

Ma réponse sérieuse l'interpelle et elle pose sa main sur mon bras dans un geste réconfortant, tout en m'interrogeant du regard.

— C'est rien, ne t'inquiète pas. Dis-moi plutôt pourquoi tu étais si préoccupée en arrivant ?

Fuyant une discussion qui mènera inévitablement à mes démons, je profite de l'occasion pour savoir ce qui travaille tant ma douce fleur. Une fois attablée, elle m'explique autour d'un verre la relation délicate de Lucas et ma sœur, et même si je ne peux pas lui raconter ce qui a fait de Stecy ce qu'elle est aujourd'hui, je peux lui expliquer vaguement son comportement sans trahir la confiance de celle qui partage mon sang.

— Son dernier petit ami n'était pas fréquentable, il a laissé des traces sur elle. C'est pour ça que tu la vois si distante avec les hommes et peut-être même parfois avec toi. Je suis le seul qu'elle laisse approcher, habituellement.

Rose m'écoute attentivement, délaissant son verre et les tapas que nous avons commandés. Je pousse l'assiette vers elle pour l'inciter à manger.

— Mais une chose est sûre, Stecy est très attirée par ton cousin. C'est la première fois depuis longtemps qu'elle me parle d'un homme.

— Il paraît que la discussion t'a fait t'étouffer.

Je ris et ma boisson manque de remonter par le nez. Peu glamour comme premier rendez-vous. Heureusement, je maîtrise la situation.

— Il faut me comprendre. Après des années de vide sur le plan amoureux, le premier mec dont elle me parle est ton oncle. Il est plus vieux qu'elle, il a refait le portrait d'un type et en plus, il est de ta famille. Je sentais pas trop le coup.

— Mon cousin est un mec génial.

— Je ne dis pas le contraire. D'ailleurs, je l'apprécie plutôt bien, de ce que je sais de lui. Je dis juste que j'aurais aimé qu'elle parte vers une relation moins compliquée pour se remettre en selle.

Rose semble comprendre ma situation et saisit que je n'ai rien contre Lucas, au contraire. Il semble être la seule constante dans la vie de ma petite amie et, rien que pour ça, je l'apprécie. Par ailleurs, je lui trouve un côté jovial assez plaisant même si on devine sans mal qu'il porte les cicatrices invisibles de son passé.

Après avoir passé plusieurs heures à boire, manger et discuter, nous allons marcher sur la plage. Rose retire ses chaussures et je fais de même. J'aime profiter du sable contre ma peau et le simple fait qu'elle apprécie aussi ce contact me rend bêtement heureux.

Nous remontons la ligne de l'océan, toujours main dans ma main et j'apprécie autant le paysage que la compagnie. Rose semble être comme moi et aimer les silences entre nous qui parlent parfois plus que les mots. J'ai le sentiment que nous pourrions nous promener des heures, sans parler, et tout de même savourer l'instant. La musique résonne au loin, quelques cris recouvrent ceux de l'océan, qui est plutôt calme, et nous continuons à marcher, tout en nous rapprochant de l'eau pour nous y tremper les pieds. C'est sûrement idiot mais c'est la meilleure soirée que j'ai passée, depuis longtemps.

Rose s'arrête et je l'enlace par derrière, appréciant les courbes de son corps se moulant aux miennes. Mes lèvres viennent goûter le petit bout de chair que ses cheveux me dévoilent en s'envolant, et mes doigts remontent le long de ses bras déjà parsemés de chair de poule.

— Ethan…

La manière dont elle prononce mon prénom me rend fou de désir et si le temps, une fois encore, n'était pas venu nous rappeler qu'il fallait rentrer pour retourner travailler demain, j'aurais sûrement appris à aimer Rose sur le sable de la si belle plage de Lacanau. J'ai le sentiment que l'apprentissage se fera si naturellement que j'aurais l'impression de l'avoir aimée toute ma vie.

QUINZE

ROSE

En me réveillant, le lendemain, je crois à un rêve. Je ne réalise pas immédiatement qu'Ethan et moi sommes réellement ensemble mais, quand l'idée fait son chemin jusqu'à mon cerveau, je me sens profondément heureuse et excitée. Je roule dans mon lit, m'entortillant dans le drap, et souris comme une simple d'esprit. La journée commence bien et je me remémore avec grand plaisir les nombreux baisers de la veille. Il m'a raccompagnée chez moi après notre soirée et je n'ai pas résisté à l'envie de le faire entrer. Malgré la tension sexuelle entre nous, nous n'avons pas été plus loin que des baisers et caresses, rien de trop osé. Nous avons gardé tous nos vêtements avec beaucoup de difficulté, au point qu'Ethan a préféré partir avant de ne plus être en mesure de se contrôler. Ma confiance en moi est montée en flèche.

Je me sens désirée et, en sa présence, je suis plus femme que jamais. Je suis belle, sexy, désirable, dans ses yeux je me vois incroyable et c'est quelque chose que je n'avais plus ressenti depuis longtemps. On a beau essayer d'être objectif sur soi-même, de s'apprécier comme on est, le regard des autres a souvent une grande importance pour nous, surtout lorsqu'il s'agit du regard de la personne dont on est amoureux. Ethan fait de moi une femme plus sûre d'elle et je lui en suis reconnaissante.

Après mon rituel du matin qui inclut un petit déjeuner et une douche, je sors, vêtue d'une petite robe blanche. Mon bronzage est minime, quasi inexistant même, mais ma robe le fait tout de même ressortir. J'ai remonté mes cheveux en un chignon coiffé décoiffé, mis des sandales et presque oublié le maquillage. Une touche de mascara et un soupçon de gloss incolore sont tout ce que je peux supporter sous cette chaleur.

En sortant, je découvre une sublime rose d'un rouge profond. Je m'empresse de lire le message qui l'accompagne. « *La fleur dont est tiré ton prénom a des significations bien différentes en fonction de sa couleur. Et si le rouge n'est pas la tienne, elle reflète un érotisme qui te sied à merveille. Garde cette passion que je ne te connaissais pas, elle te rend si séduisante.* » Je me sens plus heureuse encore que quelques minutes plus tôt, dans l'hypothèse où c'est possible. Je commence à penser qu'Ethan peut être mon mystérieux livreur de fleurs et l'idée me ravit au plus haut point. J'en suis presque sûre après quelques minutes de réflexion et décide d'aller le voir pour le remercier. Mais je ne peux pas y aller avant que Stecy ne prenne la relève à la boutique, en début d'après-midi.

Les heures passent au ralenti et je n'arrive pas à me concentrer sur mon travail. Je m'en veux de ne pas avoir la tête à la création ou à la vente, mais à force de réfléchir, je suis devenue certaine qu'Ethan est à l'origine des fleurs et je l'aime encore plus pour ces jolies attentions. Alors, quand mon amie arrive au magasin, je dépose un baiser rapide sur chacune de ses joues et pars en courant sous ses grands yeux bleus surpris. Bleu océan, ses yeux sont exactement comme ceux de son frère et je n'avais jamais fait le rapprochement. Je me sens stupide de ne pas avoir remarqué la ressemblance pourtant frappante. Même si Stecy a décoloré ses cheveux pour atteindre un gris moderne qui lui va à ravir et qu'Ethan a gardé les siens de leur noir profond naturel, ils ont tout de même des visages très similaires. Leurs traits ne laissent pas de place au doute et plus j'y pense, plus je me trouve idiote.

Malgré mon manque d'observation, le sourire qui s'est emparé de mon visage en pensant au frère et à la sœur que j'aime énormément, ne me quitte pas jusqu'à ce que j'arrive à l'espace de surveillance de la plage. Je pensais y trouver Ethan en plein travail mais son collègue m'apprend qu'il est de repos. Je suis surprise puis me souviens qu'il disait la veille ne pas être pressé.

Je demande l'adresse de mon petit ami à mon interlocuteur et, me reconnaissant, il n'hésite pas à me la donner. Je me sens une fois de plus un peu bête car c'est la même adresse que Stecy. Là encore, il m'a dit partager les frais de la location avec sa sœur. Alors je ne perds pas de temps et me rends à l'appartement qui ne se trouve pas si loin de ma maison.

Gardant jalousement ma rose dans la main gauche, je frappe de la droite à la porte derrière laquelle se cache Ethan. Je l'imagine encore endormi et le tableau me fait sourire. Après plusieurs minutes sans réponse j'appuie sur la poignée et constate que la porte est ouverte. L'idée de le réveiller de mes baisers me plaît, alors j'entre sans faire de bruit. Je devine la disposition des pièces car Lucas habite un appartement similaire, je n'ai donc aucun mal à trouver la chambre. Mais lorsque j'y entre, je ne vois pas l'homme que j'aime, sous les draps. Mon cœur s'arrête et j'en fais presque tomber la fleur. Samantha est là, endormie dans le lit, dans une tenue qui montre plus son corps qu'elle ne laisse le deviner. Je fais un pas en arrière, comme frappée par un poing invisible. Il a été si tendre la veille, je ne peux imaginer qu'il m'ait menti. Cela voudrait dire que la première fois a été un mensonge et la suivante un plus gros encore. Je n'arrive pas à accepter cette situation et je veux croire qu'il y a une explication plus supportable. Mais lorsqu'il sort de ce que je devine être la salle de bain, entouré seulement d'une serviette, je sais que la plus douloureuse des explications est malheureusement aussi la plus crédible. Il m'a menti.

Je sens les larmes me monter aux yeux mais je refuse de pleurer une fois encore devant lui. Je lui jette la fleur au visage, ignorant la surprise qui s'en est emparé.

— Tu n'es qu'un connard !

— Rose, attends, ce n'est pas ce que tu crois.

— Toi et tes putains de clichés ! Tu m'as menti depuis le début et en plus tu te fous de moi avec tes fleurs.

— De quoi tu parles ?

— Ne fais pas semblant de ne pas comprendre. Tu es pire que tout, pire que Mikael même. Comment ai-je pu être assez stupide pour te croire…

Je sens les larmes commencer à couler mais je m'essuie rapidement les yeux en voyant Samantha s'agiter de l'autre côté. Je refuse qu'elle me voit pleurer, pas elle. Quand Ethan fait un pas vers moi, je recule et secoue la tête, le cœur battant à tout rompre. Il continue à feindre l'incompréhension et je me mets à le détester pour ça. Il m'a manipulée, s'est joué de moi, et j'ai été assez naïve pour croire à toute cette mascarade. Je suis la plus à blâmer.

— Tu es monstrueux, je te hais tant…

Je lâche ces mots dans un souffle et ne prends même pas plaisir à voir une fausse souffrance se peindre sur son visage. Je ne veux plus jamais le revoir et j'espère qu'il en a conscience car je ne suis plus en mesure de prononcer un seul mot. Les larmes me brouillent la vue et mon cœur me fait un mal de chien.

Je pars en vitesse lorsque Samantha vient à notre rencontre et ne me soucie pas d'Ethan qui crie mon nom depuis son appartement. Je veux m'enfuir, le plus loin possible, et verser toutes les larmes de mon corps pour me sentir mieux.

Mes jambes me portent vers ma seule source de soutien, mon meilleur ami et cousin, Lucas. J'arrive à l'école de surf et me jette dans ses bras, ignorant la cliente avec qui il discute. Il s'excuse et demande à son employé de s'occuper de la dame alors qu'il m'entraîne vers l'arrière. Je trouve du réconfort dans son étreinte et ne veux pas le lâcher. Mais mes larmes l'inquiètent et je le sens autant en souffrance que moi.

— Rose, qu'est-ce qui se passe ? Est-ce qu'on t'a fait du mal ? Parle-moi, beauté. Ne me laisse pas comme ça.

Je hoquète et le serre plus fort encore. Je sais que je dois parler. Chaque minute de silence est une minute de souffrance pour Lucas car il ignore ce qui m'arrive et ne peut pas m'aider. Alors je tente de me calmer, inspire et expire, et lui explique la situation. Je lui raconte tout depuis le début, mon attirance pour Ethan qui s'est transformée en amour, le fait que j'ai quitté Mikael, les fleurs que je pense venir de mon beau surfeur… Puis j'arrive au moment où je l'ai découvert avec Samantha.

— Je vais le tuer…

— Lucas, non. Je t'interdis de le toucher. On en a déjà parlé, tu ne peux pas faire preuve de violence, tu sais qu'elle s'en servira contre toi… Et je ne veux pas être responsable de ça. S'il te plaît…

Il se détache de moi et c'est à son tour d'inspirer longuement pour se calmer. Mon cousin est surveillé et il ne doit pas avoir d'ennui avec la justice sans quoi il perdra définitivement ce qu'il a de plus cher. Je ne veux pas être la cause de cette perte, je ne pourrais jamais me le pardonner. Alors je pose une main délicate sur son bras et il m'enlace de nouveau, plus calme.

— Je suis désolé que ce soit un connard.

— Moi aussi… Mais je m'en remettrai. Je suis habituée, j'attire les cons.

Nous réussissons à en rire, sans joie, et je trouve un certain réconfort dans les bras de Lucas. Cela ne remplace cependant pas ceux d'Ethan et je vais mettre du temps à panser mes blessures. Comment puis-je être tant affectée par un homme que je connais si peu ? Pire encore, comment ai-je pu tomber amoureuse aussi facilement de quelqu'un qui m'a montré son côté charmeur dès le début et qui n'a rien du type que les relations durables intéressent ? Je n'ai peut-être pas connu des centaines d'hommes mais je me pensais tout de même moins bête que ça…

SEIZE

ETHAN

Je m'agite dans tous les sens, essayant d'enfiler des vêtements pour pouvoir partir à la poursuite de Rose. Je viens à peine de la reconquérir, je ne peux absolument pas la laisser m'échapper aussi rapidement, je vais en perdre la tête. Elle ne s'est pas retournée en m'entendant hurler son nom et je ne peux décemment pas la poursuivre dans cette tenue, alors j'enfile à la hâte un short et un t-shirt tandis que Samantha s'amuse du spectacle.

— Elle te tient par les couilles, dit-elle en riant.

— Franchement, Sam, je suis pas d'humeur à rire.

— C'est ça le problème, elle te rend trop sérieux.

— C'est généralement ce qui arrive quand on tombe amoureux. Tu comprendras peut-être un jour.

Je la vois se raidir en entendant ma réponse. J'ignore si Samantha pensait vraiment qu'il se passerait quelque chose entre nous, mais je préfère être clair. Si elle a passé la nuit chez moi c'est simplement un concours de circonstances. Elle avait des informations importantes que je voulais obtenir et j'ai été limpide concernant mes motivations, dès le début. Avant même de réaliser l'ampleur de mes sentiments, je lui ai bien dit qu'elle et moi, ça ne se ferait jamais. Je suis obsédé par Rose depuis mon arrivée à Lacanau et cette obsession ne m'a pas quitté depuis.

— Je dois y aller, fais comme chez toi et ferme derrière toi en partant. Laisse la clé sous le tapis, s'il te plaît. Et essaye d'être partie avant que ma sœur ne rentre, elle va flipper en te voyant, sinon.

— Cette fille n'a pas tort, t'es un beau salop.

— Pourquoi, parce que je ne t'ai pas baisée ? m'énervé-je. T'as un sérieux problème !

Je perds mes moyens et j'en suis partiellement conscient, mais l'idée d'avoir encore blessé Rose et de l'avoir peut-être définitivement perdue me met sur les nerfs.

— Tu me séduis pour obtenir des informations et ensuite tu me traites comme une moins que rien. C'est quoi ton souci ? T'es bien pire que ceux avec qui je m'envoie en l'air. Avant toi, je ne m'étais jamais sentie utilisée. Merci pour la découverte de ce nouveau sentiment.

Elle fait demi-tour et retourne dans la chambre. Une part de moi a envie de tout casser sous l'effet de la colère, une autre veut s'excuser car je n'ai jamais souhaité la blesser, et la dernière envisage grandement de prendre la fuite et de rentrer à Paris. Mais je dois absolument retrouver Rose, elle est ma priorité et tant pis si cela fait de moi une mauvaise personne. Je termine de m'habiller et m'apprête à partir lorsque la culpabilité me gagne. Je déteste ce sentiment. Alors je frappe à la porte de ma propre chambre mais n'obtient pas de réponse.

— Sam… Je suis désolé si je t'ai donné l'impression que je t'utilisais. Ça n'a jamais été mon intention. Je t'apprécie en tant que personne et j'ai du respect pour toi, je t'assure.

Je n'en dis pas plus, ne voulant pas aggraver mon cas. Elle ne répond pas mais je n'attends pas plus longtemps, pressé de retrouver Rose et de lui expliquer la situation. Cette fois, je ne veux pas fuir, nous devons communiquer.

Lorsque j'arrive à la boutique, ma sœur m'accueille en souriant. Mais son sourire disparaît en voyant l'expression de mon visage et elle me demande ce qu'il se passe.

— Où est Rose ?

— Elle ne travaille pas aujourd'hui. Qu'est-ce qui t'arrive ?

— Je t'expliquerai.

La laissant penaude et ignorante, je pars en direction de la plage. Si elle n'est pas dans son magasin, elle ne peut être qu'avec son cousin ou chez elle. Mais puisque j'ignore où elle habite, je préfère tenter l'école de surf en premier.

Une fois sur place, je n'ai pas le temps de dire quoi que ce soit que Lucas me fonce dessus et me plaque contre le mur, son bras sous ma gorge. Il a une force colossale et je ne parviens pas à bouger d'un centimètre. Il m'étouffe presque.

— Par respect pour ta sœur, je vais te laisser une minute pour m'expliquer comment tu oses pointer ton nez dans mon école après ce que tu as fait à ma cousine. Mais réfléchis bien, parce que si ta réponse ne me plaît pas, même celle qui t'a mis au monde ne te reconnaîtra pas.

Sa voix est menaçante, effrayante presque. Je n'ai pas peur pour moi, je suis inquiet de ce qu'il est capable de faire et de l'impact que sa violence pourrait avoir sur Stecy qui y est sensible. Mais j'aurai bien le temps de penser à tout ça lorsque j'aurai retrouvé Rose et que je me serai disculpé. Chaque minute qui passe est une minute où elle souffre en imaginant que je lui ai menti. L'idée qu'elle puisse penser que mon amour est faux me brise le cœur.

Le grand blond tout en muscles me relâche et je reprends ma respiration. Il pointe une montre invisible à son poignet pour me signaler que le temps tourne, mon très cher ennemi le temps, alors je tente de résumer.

— Je ne vais pas entrer dans les détails, crois ce que tu veux mais je suis amoureux de Rose et je suis certain qu'elle ressent quelque chose pour moi. Contrairement à Mikael, je peux la rendre heureuse. Et puisque je le mentionne, il faut que tu saches qu'il complote avec un type que je ne connais pas pour inciter ta cousine à vendre sa boutique. J'ai appris d'une amie, hier, que ce mec s'appelait Justin Anderson et qu'il l'avait approchée pour lui proposer de se joindre à eux. Cette amie, c'est Samantha, celle que Rose a vue chez moi. Je sais que ça te semble totalement fou mais c'est la stricte vérité. Elle était chez moi hier, enfin ce matin, après son travail, pour me parler de ce type, et elle a juste passé la nuit dans mon lit. Mais pas avec moi ! Je te dirais bien de demander confirmation à ma sœur mais bien sûr, elle n'était pas là et je ne sais pas où elle traînait…

Je m'arrête, conscient que mon discours est embrouillé mais surtout, qu'il ne va jamais me croire. Qui l'aurait fait ? Mais à ma grande surprise, son visage se détend.

— Justin Anderson, tu dis ?

— Oui. Tu le connais ?

— Il veut racheter la boutique de Rose depuis qu'elle l'a héritée de son père. Ce mec est un acharné, il la harcèle et l'a déjà menacée. Mais je ne pensais pas qu'il irait jusque-là après notre dernière rencontre.

Lucas croise les bras et se plonge dans ses pensées, agissant comme si je n'étais plus là. En voyant sa tête, je devine que cette histoire le tracasse et si cela dure depuis un moment, cela m'ennuie aussi. Les ennemis de Rose sont deux fois les miens et je suis prêt à tout pour l'aider. Mais sur l'instant, je suis surtout surpris qu'il me croie. Même à mes oreilles, mon récit sonnait fou. Je suppose que j'ai dit quelque chose qui lui a prouvé que mon histoire est vraie, mais j'ignore quoi. Rose aurait très bien pu me parler de Justin donc même son prénom n'est pas une preuve de ma non-culpabilité.

Je me souviens tout à coup avoir mentionné l'absence de ma sœur et les pièces se mettent en place dans ma tête pour reformer le puzzle.

— C'est avec toi que Stecy était hier soir…

Mon interlocuteur sort de ses pensées en entendant le prénom de celle qui partage mon sang et plonge ses yeux dans les miens. Il reste muet mais sa réponse se lit dans son regard. Je n'aime pas du tout l'idée que ma petite sœur passe du temps avec lui, mais je n'ai pas le temps de le lui faire savoir car il revient sur mon histoire avec Rose.

— Je vais lui parler dès que possible. Mais en attendant, reste à l'écart, ne l'étouffe pas. Évite aussi les fleurs.

— Mais c'est quoi cette histoire de fleurs ?

— Qu'importe. Je te tiens au courant.

La discussion s'arrête là et je le vois revêtir un masque souriant en saluant des clientes et potentielles élèves qui viennent d'entrer. Ce type est un peu effrayant, charmant mais effrayant.

Je n'ai rien de plus à faire que rentrer chez moi et attendre. L'idée me rend fou, Rose me manque déjà et j'ai envie de la voir immédiatement, de lui faire comprendre de suite ce qu'il s'est passé. Mais son cousin a raison, elle risque de se braquer si j'insiste. C'est trop tôt.

J'allais partir mais il me semble nécessaire d'avertir mon nouveau camarade d'une chose très importante. Je fais demi-tour et l'interpelle avant qu'il ne rejoigne les demoiselles.

— Juste pour que les choses soient claires. Je t'apprécie, Lucas, mais si tu lèves ne serait-ce qu'un doigt sur ma sœur, tu serviras de repas aux poissons.

Et fais-moi confiance, personne ne saura comment tu es arrivé là, pas même Rose.

— Message reçu. Tant que tu es conscient que ton destin sera le même si tu fais du mal à ma cousine, nous resterons en bon terme.

D'une certaine manière, son sourire me fait froid dans le dos, d'une autre, je me sens heureux de savoir que la femme que j'aime peut compter sur quelqu'un. Mais elle m'a à présent, elle n'aura besoin que de mon soutien. Quand j'aurai réussi à lui faire comprendre qu'il y a eu un malentendu, bien sûr…

DIX-SEPT

ROSE

La nuit passée à pleurer n'a certainement pas arrangé mon cas. J'ai le cœur en miettes et le moral dans les chaussettes. Mais je ne peux pas rester enfermée chez moi. Premièrement, ce n'est pas bon pour mon humeur, et deuxièmement, ma boutique ne va pas s'ouvrir toute seule. Stecy travaille avec moi mais je ne peux pas la laisser seule une seconde journée. Cela ne serait pas correct de ma part. Alors j'utilise le peu de force qu'il me reste pour me glisser sous la douche. L'eau chaude me détend mais n'apaise pas mon cœur. Ethan a laissé un vide en moi et maintenant que la colère est passée, il ne me reste qu'une horrible souffrance et une grande tristesse pour m'empêcher de céder au manque. Si je n'avais pas eu si mal, je me serais probablement jetée à ses pieds en oubliant ma dignité. Parce qu'il me semble plus supportable de prendre des restes que de ne rien avoir du tout. Mais je refuse d'être de celles qui se satisfont de bien moins que ce qu'elles méritent. Le choix a beau être le bon il s'accompagne d'une énorme souffrance. Chaque détail le concernant me revient en mémoire et je suis déçue de ne pas avoir eu plus de temps pour m'en délecter. La profondeur de son regard, la noirceur de ses tatouages, le hâle de son teint, l'encre de ses cheveux, la tendresse de ses bras, la douceur de ses doigts, la saveur de ses lèvres, les graves de sa voix, la musique de son cœur... tout me manque. Je me sens comme une droguée en manque alors que je n'ai que très peu consommé Ethan. Je suis pathétique et le réaliser me rend encore plus triste.

Lorsque j'arrive devant mon commerce, le jour se lève à peine mais la nuit tient mon cœur en otage et je ne suis pas prête de l'en libérer. Je laisse tomber mon sac en voyant le tableau qui s'offre à moi et je reste paralysée. La devanture de mon magasin a été vandalisée. On y a écrit des choses obscènes et dégradantes, des insultes parfaitement incompréhensibles et des mots que je refuse même de prononcer. Je n'ai pas de rideau en ferraille et je me suis toujours contentée d'une excellente alarme, alors les horribles tags s'étalent directement sur la vitre. Je vais mettre des heures à nettoyer, dans l'hypothèse où j'y arrive, et je suis certaine de ne pas réussir à tout rattraper avant que les touristes n'envahissent la rue. Je suis désemparée et je m'effondre, incapable de tenir debout plus longtemps.

Après quelques minutes, je sens une main se poser délicatement sur mon épaule et je reconnais la voix de mon amie qui me murmure des mots d'encouragement. Je suis dévastée. Je vais perdre beaucoup d'argent en n'ouvrant pas aujourd'hui mais je ne peux décemment pas accueillir la clientèle avec une telle vitrine. J'ai le sentiment de voir des années de travail détruites et si une part de moi réalise que je dramatise, la plus faible ne parvient pas à être rationnelle. J'ai l'impression que tout me tombe dessus en même temps et je n'ai qu'une envie, m'enfuir le plus loin possible.

Stecy et moi passons des heures à nettoyer la vitre. Je sens les regards curieux brûler mon dos mais je tente de les ignorer. D'autres commerçants viennent nous prêter main forte dès qu'ils ont le temps de le faire. Je leur en suis extrêmement reconnaissante. Ensemble, nous réussissons à remettre la devanture en état à l'heure du déjeuner. Je remercie chaleureusement mes voisins et invite mon amie à rentrer chez elle.

— Je préfère rester avec toi. Tu n'as vraiment pas l'air bien…

— Je ne le suis pas, dis-je, honnêtement.

— Qu'est-ce qu'il t'arrive ? Mon frère est arrivé comme un fou hier, il te cherchait et il est reparti aussi vite en voyant que tu n'étais pas là. Le soir, il n'a rien voulu me dire mais il avait à peu près la même tête que toi. Vous vous êtes disputés ?

Mon cœur se serre en pensant à Ethan malheureux. D'une certaine façon, je suis heureuse qu'il souffre aussi. Mais paradoxalement, je suis encore plus triste à l'idée de le savoir mal.

— Moins de quarante-huit heures après le début de notre relation, il a décidé de me tromper, dis-je d'une voix faussement détachée.

— Quoi ? Impossible.

J'aurais dû me douter qu'elle prendrait la défense de son frère et je ne lui en veux pas vraiment. Mais je refuse de l'écouter être son avocat. Je me lève et débarrasse les restes de notre déjeuner.

— Attends, Rose. Écoute-moi, me dit-elle.

— Il n'y a pas grand-chose à dire. Je comprends que tu le défendes mais je préfère que nous évitions d'en parler.

— Non, tu ne comprends pas. Je n'essaie pas de défendre Ethan. Je veux dire, tu m'aurais dit qu'il avait couché avec toi et qu'il t'avait larguée après. Ok, ça, c'est possible. Etrange, vu comment il te regardait la dernière fois, mais possible. Te tromper par contre ? Ça, je t'assure que c'est vraiment impossible.

Je soupire, lasse. Stecy met le doute dans mon esprit mais je sais ce que j'ai vu.

— Stecy, il y avait une fille dans son lit. Tu as bien dû la voir toi aussi, non ?

— Je n'ai pas dormi chez moi cette nuit-là, répond-elle, gênée.

— Qu'importe, je sais ce que j'ai vu.

— Et moi, je jouerais ma vie sur cette affirmation. Mon frère ne t'a pas trompée. Crois ce que tu veux mais j'ai raison. Il a bien des vices mais l'infidélité n'en fait pas partie.

Elle semble tellement convaincue que le doute s'installe plus fermement encore dans mon esprit, m'embrouillant davantage. Et si j'avais tiré des conclusions trop hâtives ? Si Ethan avait dormi sur le canapé et que j'étais juste arrivée au mauvais moment ? Malgré tout, il connaissait mes sentiments à l'égard de Samantha. Le simple fait de la faire entrer chez lui est un manque de respect. Je suis peut-être mal placée considérant que je l'ai embrassé en étant toujours avec Mikael, mais dès lors que nous avons décidé d'être ensemble, il n'était plus question de se tromper. Bien sûr, aucun mot n'a été prononcé, nous n'avons pas clairement établi que nous entrions dans une relation exclusive, mais c'était une évidence. Pour moi, en tout cas.

J'ai réussi à convaincre Stecy de rentrer chez elle plus tôt et je suis donc seule pour fermer le magasin. Je ne suis pas inquiète, malgré le vandalisme, la rue est animée et les commerces autour de moi sont encore ouverts, pour la plupart. Je remercie une fois encore ceux que je croise qui nous ont aidées le matin et je rentre chez moi. J'ai besoin de mon lit, de toute urgence.

Je trouve un géranium sur ma clôture en arrivant et je suis partagée entre l'envie de le jeter par terre pour le piétiner et celle de le porter à mon nez pour sentir son parfum. Je ne fais ni l'un ni l'autre et décide de lire le message qui l'accompagne. « *Permets-moi de te présenter mes excuses pour toutes les choses qui te font de la peine en ce moment. J'ai le sentiment d'avoir manqué à mon devoir, mais je t'en prie, garde espoir.* » Comme presque chaque fois que je reçois une de ces magnifiques fleurs, je fonds en larmes. Je me demande comment je peux encore pleurer, je croyais avoir épuisé mon stock de larmes et pourtant elles coulent sans retenue.

— Rose, tout va bien ?

Je me retourne et je ne peux m'empêcher d'être déçue en voyant Mikael. C'est cruel pour lui, mais je voulais tant retrouver la chaleur des bras d'Ethan qu'à côté, toute alternative est décevante. Je me mets à pleurer plus fort encore et mon ex-compagnon me prend dans ses bras. Il a toujours été bon avec moi dans les moments difficiles et je lui en suis reconnaissante. Il a ses défauts, c'est un fait, mais il ne fait pas couler mes larmes, il les sèche. Je lui raconte une partie de mon désespoir, lui parlant des tags sur ma boutique et évitant de mentionner Ethan. Je ne veux pas lui infliger ça.

— Tu dois porter plainte, Rose.

— Je n'ai pas envie, je suis tellement épuisée, de tout… dis-je, à bout de force.

— Je n'aime pas te voir comme ça, bébé…

Je me raidis en entendant le surnom.

— Désolé, l'habitude.

— C'est pas grave, ajouté-je, la tête contre sa poitrine.

— Je sais que tu ne veux pas mais je te le redis, ma proposition de partir tous les deux tient toujours. Tu n'as qu'un mot à dire et je t'éloigne de toute cette souffrance.

— Merci, je vais y réfléchir…

Et je suis honnête, c'est peut-être la meilleure solution. Partir. Prendre mes affaires, tirer un trait sur tous ces souvenirs douloureux, sur les années de galère pour enfin faire des bénéfices, rayer Ethan de ma vie et recommencer à zéro quelque part où rien ne me rappellera ma peine.

DIX-HUIT

ETHAN

Quatre jours sans Rose, je suis à l'agonie. J'ai revu Samantha pour m'excuser à nouveau et je traîne à Lacanau-Océan avec elle, maintenant qu'elle a fini son service. Le jour se lève doucement et nous profitons de la fraîcheur du matin avant d'aller nous coucher. Nous sommes enfin tombés d'accord sur notre relation et c'est tant mieux. La connaissant, elle n'arrêtera pas de si tôt de flirter avec moi, mais tant qu'il n'y a pas de geste déplacé et que cela ne met pas un frein à ma relation avec Rose, je peux m'en accommoder. Néanmoins, ladite relation est au point mort et je n'ai pas vu ma sirène depuis trop longtemps à mon goût. Elle a pris possession de toutes mes pensées et je n'arrive plus à passer cinq minutes sans que son visage n'apparaisse derrière mes paupières closes. Parfois, je la rêve même les yeux ouverts.

Alors quand sa longue chevelure se dessine devant moi, je me demande si c'est la réalité ou s'il s'agit d'un mirage. Elle est plus belle que jamais mais elle est aussi dans une souffrance que je ne lui avais pas encore connue. En m'approchant, je la vois frotter comme une forcenée la vitrine de sa boutique et plus j'avance, plus les écritures deviennent claires. Des injures, des dessins obscènes, rien qui n'a sa place sur la devanture d'un magasin et encore moins celui de ma jolie fleur. Je serre les dents et mes muscles se contractent de colère. Un sentiment proche de la fureur s'empare de moi et je ressens le besoin d'évacuer en brisant quelque chose. Peut-être la vitre elle-même, pour faire disparaître cet effroyable tableau.

Avant que je ne puisse faire un pas de plus, Rose tourne la tête vers moi et son visage déjà ravagé par la tristesse s'assombrit un peu plus. Je me sens mal d'être à l'origine d'une telle souffrance mais je réalise soudain que c'est la présence de Samantha qui la met dans cet état. Je suis un parfait idiot. J'ignore si Lucas a eu l'occasion de lui parler mais s'il l'a fait, mon arrivée avec cette amie brune a sûrement ruiné tout son travail et je vais devoir repartir de zéro. Mais considérant la situation, ce n'est pas le moment de m'en soucier.

Stecy m'aperçoit à son tour et, après avoir posé une main réconfortante sur l'épaule de Rose, elle vient à ma rencontre en trottinant. Ses yeux, si semblables aux miens, se posent sur la femme qui m'accompagne et elle la détaille ouvertement. Puis, elle décide de l'ignorer et reporte son attention sur moi.

— Je ne sais pas à quoi tu joues mais c'est peut-être le moment de faire quelque chose si tu comptes te faire pardonner.

— Laisse ma vie sentimentale de côté et explique-moi plutôt ce qui se passe ici.

Ma sœur soupire, elle pose les mains sur ses hanches et se tourne légèrement vers la boutique dans laquelle elle travaille.

— C'est la deuxième fois en moins d'une semaine que ça arrive. Quelqu'un s'amuse à écrire des conneries sur la vitrine et on passe la mâtinée à nettoyer. Les autres commerçants nous aident mais, si Rose se décidait à porter plainte, ça serait plus simple.

— Pourquoi elle le fait pas ?

— Je ne sais pas mais elle est désespérée. Elle était déjà très mal à cause de toi et cette histoire n'arrange pas les choses. Elle parle de vendre et de partir avec Mikael alors qu'ils ne sont même plus ensemble. Il faut vraiment que tu fasses quelque chose !

Je suis partagé entre la peine de savoir Rose malheureuse à cause de moi et la jalousie d'apprendre qu'elle revoit Mikael. Mais par-dessus tout, je suis dévasté à l'idée qu'elle puisse envisager de vendre et de partir. Sa vie est ici, à Lacanau, et son commerce a une grande importance pour elle, elle ne serait pas en train de frotter avec tant de rage si ce n'était pas le cas.

Sans un mot, je contourne ma sœur et me dirige vers celle que j'aime. Mon regard intime à Samantha de ne pas s'approcher, que ce n'est pas le moment, et elle se contente de hausser les épaules et de me saluer de la main avant de partir. Lorsque je suis à la hauteur de Rose, je me penche et m'empare d'une éponge flottant dans le seau d'eau afin de l'aider à nettoyer. Je ne dis rien et elle m'imite, le silence étant parfois plus parlant, nous le savons. Je vois les larmes continuer à couler sur ses joues mais son visage conserve cette expression d'indifférence qui me brise un peu plus le cœur. Je ne pense pas qu'elle tente de me tenir éloigné, j'ai plus l'impression qu'elle s'échappe dans les ténèbres de son âme et qu'il sera bientôt impossible d'aller la récupérer. Cette idée met mon propre cœur en miettes et je suis à deux doigts de la prendre dans mes bras et de l'embrasser pour la faire réagir. Mais, en réalité, j'ai trop peur qu'elle reste de marbre, peur de réaliser que la place n'est plus libre et que je suis condamné à un futur sans elle.

En moins de deux heures, nous avons terminé de remettre la vitrine en état. Stecy range le matériel de nettoyage et Rose s'apprête à entrer dans la boutique en me quittant sur un simple « Merci » à peine audible, mais je la retiens par le bras.

— Prends le temps qu'il faudra, mais donne-moi une chance de m'expliquer. Peut-être pas aujourd'hui, ni demain, mais un jour. Laisse-moi une dernière chance.

— À quoi bon ? soupire-t-elle.

— La vérité n'est pas celle que tu crois, Rose. Quoi que tu puisses penser, je ne t'ai jamais menti et encore moins trompée. Penses-y, s'il te plaît.

Je ne lui laisse pas le temps de répondre et relâche son bras avant de partir. Je ne veux pas qu'elle ait la possibilité de me rejeter avant d'avoir pris la peine de réfléchir à nous. J'ai besoin de cette ultime chance car je suis convaincu que ma sincérité sera perçue et qu'elle réalisera que je suis honnête.

***

J'ai passé le reste de la journée à dormir et je me lève quand mon réveil me détruit les oreilles. Le soleil est presque couché et je me prépare à protéger ma petite fleur. Si Rose refuse de porter plainte, je vais veiller à ce que plus personne ne puisse dégrader son magasin. Je suis déjà très étonné qu'on ait réussi à le faire, considérant que son commerce se trouve sur l'axe principal et que beaucoup l'empruntent le soir, la nuit, et même le matin. Je suppose que cela se produit à l'heure où les boîtes de nuit sont pleines, où les familles sont couchées et les commerçants endormis.

Quand j'arrive, j'entends la musique qui sort des pistes de danse nocturnes, et je me dis que cela m'aidera à ne pas m'endormir. Ceci étant dit, j'ai dormi plus de dix heures et je doute que la fatigue ne me gagne avant le lever du jour. Je m'assois contre le muret qui longe la plage et rive mon regard sur la boutique de Rose. Je ne compte pas la lâcher des yeux et si quelqu'un s'en approche, il s'en souviendra un bon moment.

Trois heures après le début de ma garde, je vois les rues s'animer et les jeunes prendre possession de Lacanau pour une nuit endiablée. Les moins aventureux ont regagné leur camping ou leur logement, les enfants ont été mis au lit après avoir mangé une délicieuse glace, et seuls les plus fêtards se retrouvent au centre pour passer un bon moment, parfois un peu trop alcoolisé. Je me demande d'ailleurs si le coupable ne serait pas une personne en état d'ébriété. Mais comme la boutique de Rose est la seule à avoir été touchée, à deux reprises, j'ai tendance à penser qu'il s'agit d'une affaire personnelle et je ne serais pas surpris que ce fameux Justin soit à l'origine des dégâts.

Alors que la nuit est bien entamée, une silhouette qui m'est familière s'approche de moi. Sans même me saluer, Lucas se laisse tomber à mes côtés, une bière à la main. Il penche sa tête vers la mienne pour essayer de regarder dans la même direction que moi.

— La boutique de Rose… Tu joues les chiens de garde ?

— Quelque chose comme ça, ouais. Et toi, qu'est-ce que tu fais là ?

— Petite soirée avec des potes qui bossent au camping.

— Et tu t'échappes pour venir me voir ?

— Ouais, trop de bruit, trop d'alcool, trop de filles.

— Je te signale que tu as une bière dans la main. Et c'est la première fois que j'entends un mec déclarer qu'il y a trop de filles, un mec hétéro j'entends.

— Je fais dans la qualité plus que dans la quantité, répond-il avec une sincérité désarmante.

Je ne peux qu'approuver, je n'ai moi aussi besoin que d'une seule fleur pour être heureux et je protègerai le jardin dans lequel elle s'épanouit, à n'importe quel prix.

DIX-NEUF

ROSE

J'ai un mal fou à dormir. La chaleur est étouffante et je n'arrive pas à me sortir mes problèmes de la tête. Cela fait quelques jours que j'ai le soulagement de trouver ma boutique vide d'écritures, mais je suis en permanence effrayée à l'idée de ce que je vais découvrir en y arrivant. Je sais que je devrais porter plainte mais je n'aime pas les forces de l'ordre. Je crois que je suis encore traumatisée par l'accident de mon père et toutes les questions que la police lui a posées alors qu'il était dans un piteux état. Inconsciemment, j'ai dû souffrir de ces échanges, et des traces sont encore là. Je ne peux que me contenter d'espérer qu'en me levant, dans quelques heures, la vitrine sera toujours propre.

Je tourne et je vire dans mon lit quand je suis surprise par des coups contre ma porte. Je n'aime pas l'idée d'ouvrir à un inconnu au beau milieu de la nuit. Hors saison, je ne suis pas inquiète, tout le monde connaît tout le monde, mais en plein été, on ne sait jamais qui traîne dans les rues. Je m'approche de la porte après avoir saisi quelque chose pour me défendre et décide de ne pas ouvrir avant d'être sûre de qui se trouve derrière.

— Qui est là ? commencé-je d'une voix forte mais tremblante.

— Rose, c'est moi.

Je pousse un soupir de soulagement en reconnaissant la voix de mon cousin et je me hâte de lui ouvrir. J'ignore ce qu'il fait là, en pleine nuit, mais quand je vois son visage radieux, je sais immédiatement qu'il n'y a pas de problème, il va bien.

— Tu sais que « c'est moi » n'indique pas qui tu es ?

— Tu sais qu'un escarpin ne protège pas très bien ?

— C'est la première chose qui m'est passée sous la main.

Je jette ma chaussure par terre et me pousse afin qu'il puisse entrer mais il ne le fait pas.

— Habille-toi, je t'enlève.

— Lucas, il est quoi… deux heures du matin ? Si tu as besoin de quelqu'un pour faire la tournée des bars, demande à tes potes du camping. Je travaille demain.

— Ne fais pas semblant d'être ronchon, tu ne dormais même pas, enfile quelque chose et rejoins-moi dehors.

Il ne me laisse pas le temps de répondre, referme la porte et, je le devine, retourne dans la rue. Mon cousin obtient toujours ce qu'il veut de moi et étrangement, cela me fait sourire.

Après avoir enfilé un pantalon en lin par-dessus mon short, je rejoins Lucas devant chez moi. L'air est chaud et lourd mais pas désagréable. Une petite brise caresse mon visage et me rend nostalgique d'une époque parfaite en compagnie de mon père. Je souris au souvenir et prends mon cousin par le bras. J'imagine qu'il sourit lui aussi en me voyant de bonne humeur et je l'aime encore plus pour tout l'amour qu'il me porte.

Nos pas nous mènent à quelques mètres de la boutique et quand je m'apprête à demander ce qu'on fait là, mon escorte pointe une silhouette du doigt. Je reconnais immédiatement Ethan et mon cœur s'agite. Il m'a terriblement manqué et les jours passés n'ont pas allégé ma peine ou atténué mon amour, loin de là.

— Il surveille ton magasin, toutes les nuits depuis qu'il est au courant des actes de vandalisme.

— Il reste là toute la nuit ? demandé-je, incrédule.

— Ouais.

— Seul ?

— Parfois je lui tiens compagnie, mais j'en ai marre de l'entendre geindre parce que tu lui manques. À toi de prendre la relève, cousine.

Je ressens une forte excitation en apprenant que je lui manque mais je suis également réticente à l'idée de renouer le contact. Il m'a beaucoup blessée et même si le manque est fort, je ne sais pas si je dois oublier le chagrin qu'il m'a causé.

— Je ne sais pas si je peux…

— Fais-moi confiance et va lui parler.

Je lève les yeux vers Lucas et l'expression rassurante de son visage me fait comprendre qu'il sait des choses que je ne sais pas. Est-il possible que je me sois réellement méprise depuis le début ? Je n'arrive pas à y croire, la scène était on ne peut plus claire et Ethan n'a pas essayé de me convaincre du contraire. Au début, peut-être, mais ensuite il a continué son chemin comme si je n'avais jamais marché à ses côtés. Mais aurais-je accepté de l'écouter ? Mon esprit est de plus en plus embrouillé et je ne vois qu'une solution, discuter avec celui qui a mis du désordre dans ma vie.

J'embrasse mon cousin sur la joue et me dirige vers l'élu de mon cœur. Je constate la surprise sur son visage quand je m'assois à côté de lui. Il en a perdu sa jolie voix. Alors je me décide à parler la première.

— Qu'est-ce que tu fais là ?

— Je surveille ton magasin.

— J'ai une alarme, tu sais ?

— Elle ne marche pas contre les tagueurs, apparemment.

Il n'a pas tort.

— Qu'est-ce que ça peut te faire, de toute façon ?

Alors que ses yeux étaient restés rivés à mon commerce, il tourne la tête et plonge son regard dans le mien. Ce bleu me fait toujours le même effet, même voilé par la nuit, et je sens des frissons parcourir la peau de mes bras. Mais ce n'est pas le moment d'être excitée, ni même charmée. Il est très sérieux et j'ai l'impression que mes mots l'ont un peu blessé.

— Tout ce qui te touche me touche.

— C'est pour ça que tu as couché avec Samantha ?

Je n'ai pas pu m'empêcher de lui lancer cette pique. Parfois je me comporte comme une enfant en colère et je me demande si j'ai pris ça de ma mère. Mon père était très calme et puisque Lucas a des problèmes similaires, j'imagine que cela vient de ce côté de la famille. Pourtant en réalité, sa phrase m'a frappée en plein cœur et celui-ci bat encore trop vite pour que je retrouve mon calme. J'ai répondu en étant sur la défensive, par réflexe, pour qu'il ne voie pas mon émotion et qu'il ne puisse pas la retourner contre moi.

— Rose, je n'ai pas couché avec Samantha. Je ne l'ai même jamais embrassée, ni touchée autrement que le ferait un ami. Je sais que tu ne veux pas me croire, mais elle a simplement dormi chez moi, pas avec moi.

— Mais pourquoi ? Tu sais ce que je ressens vis-à-vis d'elle, pourquoi l'avoir fait venir chez toi ? demandé-je, sincèrement désireuse de savoir.

Je l'entends soupirer et le vois baisser la tête.

— Elle m'a dit avoir des informations au sujet d'Anderson. J'ai voulu en savoir plus et, après une longue discussion, je lui ai proposé mon lit. Mais moi, j'ai pris le canapé.

— Comment tu es au courant pour Justin ? m'étonné-je.

— Je l'ai surpris en grande discussion avec Mikael. Je te l'ai dit la fois où je suis entré par hasard dans ta boutique.

Et je ne l'ai pas cru parce qu'il était aussi avec Samantha ce jour-là et que j'étais jalouse… Je me sens stupide. Il dit la vérité depuis le début et je n'arrête pas de remettre sa parole en doute. Mon manque de confiance en lui est excusable, considérant que nous ne nous connaissons pas depuis si longtemps que ça, mais je m'en veux terriblement.

— Je suis désolée… dis-je faiblement.

— Tu n'as pas à l'être, j'enchaîne les conneries. Et puis, tu l'as dit dès notre deuxième rencontre, je n'inspire pas confiance, répond-il en riant faiblement.

— Ton physique est parfait et je suis une idiote. Je ne suis pas du genre à juger une apparence, je te le promets. Mais tu me chamboules, tu fais naître des sentiments contradictoires en moi, je ne suis plus la même quand je suis avec toi… Je me sens plus forte mais en même temps, plus sensible. Je m'emporte pour un rien, je me montre puéril et je gâche tout… Je ne suis pas habituée à ressentir tout ça. Avec Mikael, tout était si plat, linéaire, je ne connaissais pas la passion.

Je sens sa main caresser ma joue et il pose son front contre le mien. La chaleur qui irradie de son corps me fait vibrer. J'ai une connexion si puissante avec lui que je ne pourrais pas l'effacer même si j'essayais.

— Tu ne comprends pas. Quand tu es avec moi, tu es toi, la vraie. Et je suis fou de cette Rose, avec ses épines.

Je ne peux me contrôler, quand il me confie qu'il est fou de moi, j'écrase mes lèvres contre les siennes et je l'entends murmurer « Ma fleur sauvage... » entre deux baisers. Mon cœur déborde d'un amour trop puissant pour être contenu. Je le sens dans chacune de mes veines et chaque parcelle de ma peau désire entrer en contact avec celle d'Ethan. J'ai besoin de le sentir plus proche de moi, d'être sûre qu'il est réel et qu'il ne va pas s'effacer, une fois le soleil levé. Je suis à deux doigts de lui dire que je l'aime quand une ombre attire notre regard. Quelqu'un se tient devant ma boutique, cagoulé, un gros sac à la main.

Avant que je n'ai le temps de dire un mot, Ethan se lève et part en courant vers mon magasin. Mais le coupable prend ses jambes à son cou en l'entendant arriver, laissant tomber son sac duquel roulent des bombes de peinture. À mon tour, je m'élance à la poursuite du vandale et de mon amant. Sur le chemin, je passe devant la boutique d'un ami qui vend des frites à ceux qui sortent des bars et clubs, je lui demande d'appeler la police et sans m'arrêter je lui hurle qu'on a trouvé la personne qui détériore ma boutique.

Après avoir tourné dans différentes rues, je vois Ethan qui arrive au niveau du fugitif et se jette sur lui, le plaquant au sol. Celui-ci se débat et j'ai peur qu'il finisse par lui faire mal. Mais l'homme que j'aime réussit à le maîtriser en s'asseyant sur lui. Je m'approche juste au moment où il retire la capuche et le masque noir de ce que je devine être un homme. La révélation du coupable est un choc terrible pour la part naïve de mon être.

C'est Mikael.

VINGT

ETHAN

J'avais un doute mais j'espérais sincèrement que ce ne soit pas lui, pourtant, il s'agit bien de Mikael. Quand je regarde vers ma petite sirène, je la découvre plus choquée que jamais. Je vois son débat intérieur et toutes les questions qu'elle ne parvient pas à prononcer. Elle laisse échapper quelques murmures presque inaudibles mais j'entends ses interrogations et je devine sa déception. Malgré ses défauts, elle avait confiance en lui, d'une certaine façon. Elle le savait infidèle mais probablement pas criminel. La chute est douloureuse pour elle et ce qui la fait souffrir me détruit. J'aimerais la serrer dans mes bras, effacer sa mémoire d'un claquement de doigts et reprendre depuis le début. Alors j'arrêterais Mikael avant qu'il ne puisse la décevoir pour ne jamais avoir à être témoin du chagrin qu'elle ressent en ce moment. Malheureusement, je ne suis pas maître du temps, aussi durement ai-je souhaité l'être, et je ne peux que supporter la foule de sentiments que ressent Rose.

— Ne fais pas celle qui est surprise. Depuis le temps que tu t'accroches à moi comme le boulet d'un prisonnier, tu devais bien te douter que ça allait arriver. Tu crois qu'un mec comme moi veut finir ses jours avec une fille comme toi ? Tu n'es bonne qu'à baiser, lui, moi, qui d'autres ?

Je ne laisse pas le temps à Rose de répondre, je ne peux pas supporter qu'il lui parle comme ça, et je lui décroche une droite dont il se souviendra. Mais le sang qui coule de son nez ne semble pas l'arrêter et il continue à vomir des propos horribles.

— Tu n'es rien sans moi, Rose !

— Ferme-la !

Cette fois, je ne lui laisse pas le temps de continuer et je le frappe pour qu'il se taise. Je crois que j'ai un peu perdu la tête et je sens à peine les bras qui me tirent en arrière pour me dégager du corps en sang sous le mien. Je ne dis mots mais je suis proche de l'explosion. Et quand il hurle qu'il reviendra, qu'il la violera et la tuera ensuite, j'arrive à me libérer des bras de ceux que je devine être des policiers, et me jette à nouveau sur lui pour le rouer de coups. On nous sépare encore une fois mais le sang bat dans mes tempes, mes yeux doivent ressembler à ceux d'un fou, je respire avec difficulté et j'ai le cœur prêt à exploser. Ce n'est que lorsque Rose, ma délicieuse fleur, pose sa main sur mon avant-bras que je parviens à me calmer. Je me concentre sur son visage, je calque ma respiration sur la sienne et, doucement, je retrouve mon calme. Elle se blottit dans mes bras et m'embrasse tendrement sur la joue avant de se tourner vers celui qui a si longtemps partagé sa vie.

— Tu te trompes, Mikael. C'est toi qui n'es rien sans moi. Maintenant que tu ne peux plus m'exposer, qu'est-ce qu'il te reste à afficher fièrement ?

Il est emmené avant de ne pouvoir répondre et c'est tant mieux. Je suis tellement fier d'elle que je ressens le besoin de l'embrasser, immédiatement. Et c'est ce que je fais, je prends son visage dans mes mains, souillant sa peau du fluide rouge qui coule de mes phalanges, et l'embrasse avec toute la passion et tout l'amour que j'ai en moi. Elle me rend le baiser avec une fièvre dont je me délecte et c'est seulement quand quelqu'un tousse à côté de nous que nous nous séparons.

— Vous avez fini ? demande une voix que nous connaissons bien.

— Lucas !

Celle que je peux enfin qualifier de petite amie se détache de moi pour enlacer son cousin et je ne m'en offusque pas. De mon côté, j'accepte avec joie les bras que me tend ma petite sœur et je dépose un tendre baiser sur le haut de son crâne. Je n'ai pas besoin de lui demander ce qu'elle fait là au beau milieu de la nuit, j'imagine qu'elle était en train de la passer avec le beau blond qui étreint la femme que j'aime.

Après quelques secondes, Stecy jette un œil à ma main et secoue la tête. Rose lui montre alors celle pas tout à fait cicatrisée de son cousin et secoue la tête comme pour dire « Tous les mêmes ! ». Lucas et moi haussons les épaules et nous jetons un regard entendu. Mais notre petite bulle se perce lorsqu'un agent de police nous informe que nous devons nous rendre au poste pour qu'il prenne notre déposition. Nous convenons sans un mot de nous y rendre tous ensemble, en famille.

***

Après deux bonnes heures passées au poste de police puis à l'hôpital pour ma main, nous rentrons chez nous alors que le soleil se lève. Stecy propose à Rose de s'occuper de la boutique toute la matinée afin qu'elle puisse rattraper son sommeil. Mikael est enfermé pour le moment et a préféré balancer Justin, son complice, pour réduire sa peine. Les deux ne seront donc plus en mesure d'approcher Rose. Mais je la sens tout de même encore fragile et craintive, alors je l'accompagne et décide de rester avec elle. Elle se laisse tomber sur le lit, épuisée physiquement et moralement par la nuit que nous venons de passer, et je prends place à côté d'elle. Je commence à caresser ses cheveux pour qu'elle se détende mais elle se met tout à coup à pleurer, stoppant net mon geste.

— Je suis désolée…

— Ne le sois pas, Rose, tu n'as rien à te reprocher.

— Bien sûr que si. Si je t'avais cru, on aurait pu éviter tout ça. À cause de moi, tu t'es retrouvé dans une situation où Mikael aurait pu te faire du mal.

Je la prends dans mes bras, conscient de la culpabilité qui s'est emparée d'elle, et je l'embrasse sur le front avec douceur.

— Rose, rien n'est de ta faute. Je te le promets.

— Mais tu étais dans une telle rage…

Je soupire, conscient qu'un jour nous devrons parler de mon passé et de tout ce qui a fait de moi celui que je suis maintenant.

— Ecoute-moi. J'ai vécu… certaines choses qui me rendent sensible aux propos qu'il a tenus. Je ne supporte pas qu'on violente une femme, que ce soit physiquement ou verbalement. Bien sûr, j'ai été encore plus prompt à m'énerver parce que ça te concernait, mais une part était juste liée à mon passé. Ne prends pas tout sur tes épaules, je n'aime pas te voir comme ça.

Je suis sincère, je n'aime pas la savoir triste à cause de moi. Je me demande si on se sent immédiatement coupable de la tristesse de l'autre quand on est amoureux. Est-ce un trait propre à ceux qui connaissent l'amour ? Si c'est le cas, je peux l'accepter car je suis certain que le fait d'aimer Rose est un des plus beaux sentiments que j'ai ressenti jusqu'ici dans ma vie.

— Est-ce que tu me parleras un peu de toi, un jour ?

— De moi ? demandé-je.

— Oui, de ton passé, ta vie, ta famille…

— Il n'y a pas grand-chose à dire.

— Ethan, tu as une dizaine de tatouages et on se tatoue rarement sans raison. Si certains le font pour le côté esthétique de la chose, je suis convaincue que tu es de ceux qui tracent leur vie sur leur peau.

Je suis heureux de constater qu'elle m'a bien cerné sur ce point, mais je suis également embarrassé car je ne veux pas lui mentir, même si je ne me sens pas prêt à tout lui raconter.

— Choisis le tatouage que tu veux et je te dévoile sa signification.

— Un seul ? demande-t-elle, avide.

— Je n'ai que neuf tatouages, même si certains sont composés de plusieurs éléments, alors statistiquement je te donne presque dix pourcents de ma vie en une seule fois !

Mon explication semble la satisfaire et je la vois sourire avant qu'elle ne se redresse dans le lit pour m'observer. Elle réfléchit.

— Tu dois choisir dans ceux qui sont visibles, ajouté-je.

Sa mine boudeuse me fait fondre mais, très vite, elle reprend sa contemplation et sa réflexion. J'ai peur de ce qu'elle va choisir mais je sais qu'en la limitant à ce qui est visible, c'est-à-dire mes bras, je commencerai avec quelque chose de facile, un peu vague. Elle se mordille la lèvre, ce qui me donne terriblement envie d'elle, et fait finalement son choix. Rose pointe la montre à gousset tatouée sur mon bras droit, à côté du symbole de l'infini et de la phrase « *Wake up and live* ».

— Comme je suis généreux, je vais t'expliquer les trois.

— Trente pourcents de ta vie d'un coup ! dit-elle en riant et en s'allongeant sur mon torse.

Je l'aime, je suis fou d'elle. Cette candeur, ce charme, cet humour, cette douceur… J'aime tout d'elle et je me sens étrangement bien à l'idée de lui parler un peu de moi, même si cela sera très vague.

— J'ai fait tatouer le symbole de l'infini pour illustrer le fait que je ne parvenais pas à voir le bout de mes problèmes. Trois ans plus tard, j'ai ajouté la montre, témoin du temps qui passe.

— C'est contradictoire, non ?

— Absolument, je ne suis que contradictions et j'ai des rapports très particuliers avec le temps.

Je la sens sourire contre ma poitrine.

— Enfin, deux ans après, j'ai choisi de graver cette phrase sur ma peau, c'est à ce moment-là que j'ai décidé de vivre et non plus de survivre.

— Je suis contente que tu l'aies fait, chuchote-t-elle.

Je ne peux m'empêcher de la serrer dans mes bras en entendant ces mots. Elle n'imagine pas combien elle compte pour moi et à quel point je suis, moi aussi, heureux d'avoir décidé de vivre. Déposant un baiser sur ses beaux cheveux, je l'invite à se reposer.

— Et maintenant, dors, jolie fleur.

Sans un mot de plus, nous fermons les yeux et nous envolons pour le pays des songes. Je me sens plus léger après avoir parlé un peu de moi, même si je devine Rose toujours aussi confuse au sujet de mon passé. Mais j'apprécie qu'elle n'insiste pas et je devine que sa propre expérience douloureuse lui permet de se mettre un peu à ma place. Je ne l'en aime que davantage.

VINGT ET UN

ROSE

Je suis un peu désorientée lorsque je me réveille, mais très vite je retrouve mes repères en sentant la chaleur du corps d'Ethan en dessous du mien. Je n'arrive pas encore bien à réaliser que nous sommes ensemble mais ce dont je suis certaine, c'est que notre relation sera bien différente de celle possessive et malsaine que j'avais avec Mikael. Elle sera forcément différente, car je suis amoureuse d'Ethan alors que je ne me souviens plus si je l'ai été de l'homme qui a passé des années à me manquer de respect. J'ai toujours pardonné mais, cette fois, il s'en est pris au magasin, au souvenir de mon père, à mon âme, et je ne pourrais jamais l'en excuser, même s'il me suppliait. Ce qu'il ne fera évidemment pas.

J'entends la respiration sifflante d'Ethan et je souris contre sa poitrine, je trouve le bruit très apaisant. Un coup d'œil à mon réveil m'informe qu'il n'est que onze heures du matin et je peux donc prendre mon temps. Stecy s'en sortira pendant deux ou trois heures encore. Je ne veux néanmoins pas abuser de sa gentillesse et une petite heure sera suffisante pour me remémorer la nuit précédente.

Ethan a accepté de me parler et même s'il a donné trop peu de détails pour que j'ai autre chose qu'un sentiment global concernant son passé, j'apprécie qu'il ait fait un pas vers moi. Je lui ai déjà raconté mon histoire et la mort de mon père est le seul souvenir vraiment marquant pour moi. Bien sûr, l'abandon de ma mère est un élément important mais je me souviens à peine d'elle et, lorsqu'elle a essayé de reprendre contact, elle n'était déjà qu'une inconnue pour moi. Elle n'a jamais été plus. J'ai donc mentionné les grandes lignes de ma vie et j'espère qu'Ethan se sentira un jour assez en confiance pour me parler de la sienne.

Alors que je ne suis réveillée que depuis dix minutes, quinze tout au plus, je sens le corps de mon amant se mouvoir sous le mien. Je lève la tête vers lui et son sourire endormi me fait totalement fondre. Je ne peux pas résister à ce besoin irrépressible de l'embrasser. Il ne boude pas son plaisir et met à son tour beaucoup de tendresse dans le baiser. J'adore le goût de ses lèvres et j'aime sentir sa peau sous mes doigts. Je ne peux le nier, j'ai très envie de lui. Dès notre première rencontre, il a fait naître un important désir en moi et je ne peux m'empêcher de penser qu'il saura m'aimer comme je le mérite.

— Bonjour, toi.

— Bonjour, répond-il tout sourire.

— Café ou thé ?

— Juste du lait ? tente-t-il.

— Tu es bizarre, mais je m'en accommoderai, dis-je en riant. Chaud ou froid ?

— Froid, un verre de lait froid, s'il te plaît.

— C'est comme si c'était fait.

J'entreprends de me lever pour préparer notre petit déjeuner – même s'il est presque midi – mais il me rattrape et me fait retomber sur lui en grommelant un « Encore un câlin » qui me fait totalement craquer. Je découvre qu'Ethan est un garçon très affectueux dès le matin et que c'est aussi un enfant. Quel adulte normalement constitué ne boit ni café ni thé ? Mais je suis mal placée pour critiquer puisque je tourne au chocolat au lait, la boisson des enfants. Je fais des généralités alors qu'au fond je suis ravie que nous soyons tous les deux différents du reste du monde. Lait pour mon amour, avec supplément chocolat pour moi !

Ethan a finalement accepté de me libérer après une étreinte et quelques baisers supplémentaires, et lorsque je l'informe que son lait est prêt, je le vois débarquer dans ma cuisine, encore un peu endormi. Il est terriblement beau, les cheveux en bataille, une barbe naissante et ses vêtements froissés par la nuit. Je me demande si je suis objective ou si c'est l'amoureuse en moi qui parle.

Il s'empare de son verre en me remerciant et, une fois qu'il l'a vidé, je le sens un poil plus réveillé. Il aperçoit les fleurs séchées que je garde dans une boîte en verre et s'en approche. Je me demande s'il va finalement avouer être mon livreur mystérieux ?

— Tu te souviens de la fois où tu as trouvé Sam chez moi ?

— Comment l'oublier… dis-je un peu froissée.

— Pardon… Ce jour-là, tu m'as parlé d'une histoire de fleurs. Je n'ai absolument rien compris et Lucas en a encore fait mention récemment. Est-ce que tu vas m'expliquer ?

— Depuis le début de l'été, je reçois des fleurs accompagnées de messages, encourageants, pour la plupart. Et même si tu fais l'innocent, je suis persuadée qu'elles viennent de toi !

— Je t'assure que non. J'aimerais bien être ton fleuriste mystérieux, tu as l'air de bien l'aimer, mais ce n'est pas moi. Désolé, dit-il en me prenant dans ses bras.

Je ne suis pas totalement convaincue et me détache difficilement de son étreinte pour attraper un papier et un stylo que je lui tends.

— Prouve-le. Écris-moi quelque chose, ce que tu veux.

Il s'empare du matériel et je me fais violence pour ne pas regarder par-dessus son épaule. Je suis presque en train de me ronger les ongles lorsqu'il me tend un papier sur lequel je lis « Je suis fou amoureux de toi. » d'une écriture qui ne ressemble absolument pas à celle de mon inconnu. Mais quelle importance ? L'homme que j'aime vient de me dire qu'il partage mes sentiments et les fleurs sont secondaires, à présent. Je me jette dans ses bras et le laisse me serrer contre son cœur, cet endroit où j'ai à présent ma place. Et quand les battements du mien reprennent enfin un rythme régulier, je plonge mon regard dans le sien.

— Je t'aime, Ethan.

— Et je t'aime, Rose, follement.

Nos lèvres se rencontrent pour une nouvelle danse mais celle-ci a une signification toute particulière cette fois. Nous nous aimons et ne nous sommes pas contentés de le penser, les mots ont pris leur envol. Cela n'a pas d'importance pour certains, mais cela en a pour nous qui avons passé des jours entiers à nous faire des idées à cause du manque de communication. Et puis, si les silences disent beaucoup, la parole a aussi son importance. Tant qu'un mot n'est pas prononcé, il n'appartient qu'à nous, mais une fois dit, il est aussi à celui qui l'a entendu. J'ai entendu son amour.

***

Quand j'arrive au magasin, Stecy me demande immédiatement si je vais bien. Je suis touchée par sa sollicitude et je la rassure. Elle jette ensuite un œil à la main de son frère et appuie du doigt sur une partie qu'elle sait sensible mais pas trop douloureuse. J'aime quand elle est taquine avec Ethan, j'adore leur relation et c'est un plaisir pour moi de pouvoir les voir comme ça. Mais mon amant ne s'attarde pas et nous informe que la plage ne va pas se surveiller toute seule.

— Comme si tu allais la surveiller. Tu ne verrais pas un requin dans une piscine alors un nageur dans l'océan, impossible.

— T'inquiète, frangine, je ne surveille que deux heures l'après-midi, faut juste éviter de se baigner pendant mon créneau, ok ?

Je ne peux m'empêcher de rire en constatant qu'ils ont le même humour et, une fois encore, je me rends compte de la ressemblance que j'avais ignorée jusqu'ici. Ils sont bien frère et sœur, aucun doute.

Mon petit ami est parti, non sans m'avoir volé de nombreux baisers, et Stecy me saute immédiatement dessus pour savoir ce que nous avons fait cette nuit, ce matin plutôt. Je me mets à rire et lui explique que nous avons parlé, tout simplement. Et quand je fais mention du passé d'Ethan, je la vois blêmir. Je suppose qu'elle est au courant, mais je refuse de lui soutirer des informations, je ne veux pas être ce genre de personne. Néanmoins, c'est elle qui parle après une ou deux minutes de silence.

— Tu as vu la vague tatouée sur son dos ?

— Oui, je l'ai aperçue sur la plage. C'est pour représenter sa passion pour le surf ?

— Pas vraiment, enfin si, mais non. Notre père nous a appris à surfer, à tous les deux, et j'adore ça, autant que lui, peut-être même plus. La vague, c'est moi. C'est une métaphore un peu dure à expliquer, elle est de la couleur de mes yeux pour me représenter. Je suis la vague qui l'empêche de se noyer dans l'océan, celle sur laquelle il surfe quand ça va mal, même s'il a renié l'océan pendant un temps.

— Pourquoi ? demandé-je, très intéressée par l'histoire.

— C'est notre père qui lui a appris à surfer et… Je ne peux pas t'en dire plus. C'est à lui de te raconter tout ça. Je t'en ai déjà dit trop en te parlant de ce tatouage mais comme il me concerne, je considère que j'ai le droit d'en parler… bref, ce que je veux te dire c'est que je suis à l'origine de pas mal de souffrance pour mon frère et j'en suis désolée, mais je veux que tu le saches parce que son comportement est parfois… particulier, à cause de moi. Ne lui en tiens pas rigueur, s'il te plaît.

— Comme quand il a pété les plombs, cette nuit ?

— Par exemple, oui…

J'imagine que Stecy a eu une triste aventure avec la mauvaise personne. Entre la réaction d'Ethan, ce qu'il a dit, et le comportement de mon amie, je pense que je peux affirmer sans me tromper que les hommes n'ont pas toujours été tendres avec elle. Cela me peine parce que je l'aime énormément mais cela m'attriste aussi car les antécédents de mon cousin ne joueront pas en sa faveur avec Stecy. Mais je suppose que seul l'avenir nous dira ce qu'il adviendra d'eux, ou même d'Ethan et moi.

VINGT-DEUX

ETHAN

L'été touche à sa fin et je vais bientôt devoir rentrer à Paris. Je ne sais pas encore comment je vais survivre à la dizaine de mois qui me séparera de Rose, mais je n'ai pas le choix. Je ne peux pas tout abandonner comme ça, je dois mettre de l'ordre dans mes affaires. Et quand ce sera fait, je pourrai retrouver ma sirène.

Je passe la soirée chez elle et j'ai dû lutter pour obtenir cette dernière nuit en tête à tête avec ma bien-aimée. Stecy voulait que nous sortions tous faire la fête, moi, j'ai d'autres projets et les trois quarts d'entre eux consistent à chérir Rose. Je veux lui laisser de merveilleux souvenirs et en même temps, je m'y refuse. Je ne veux pas devenir une part de sa mémoire, j'aimerais être avec elle physiquement. Malgré tout, je veux qu'elle se souvienne de la beauté de notre amour, de l'intensité de notre relation et du bonheur que nous nous offrons mutuellement. Tant qu'elle n'oublie pas, j'aurai toujours ma place dans son cœur. Finalement, c'est aussi ça qui m'inquiète. Ne dit-on pas « Loin des yeux, loin du cœur » ? J'ai tellement peur que son amour pour moi s'atténue et qu'elle mette fin à notre relation avant qu'elle ne commence vraiment… Alors je fais tout pour lui sembler indispensable. Je ne me savais pas si peu confiant, je suppose que l'amour peut parfois affaiblir les plus forts.

Après un excellent repas que nous avons préparé ensemble, nous nous attelons à la vaisselle. J'aime cette ambiance et le fait que nous nous sentions si à l'aise en effectuant ce genre de tâches tous les deux. Depuis le début, Rose et moi avons un lien fort, et tout semble très naturel entre nous. Il nous arrive d'oublier que nous ne nous connaissons pas depuis très longtemps, tant ce sentiment familier entoure notre relation. C'est naturellement que nous nous installons sur le canapé de Rose lorsque nous avons fini la vaisselle, et c'est tout aussi naturellement qu'elle vient se blottir contre moi.

— Tu vas tellement me manquer…

Ma voix se brise presque sous le coup de l'émotion. Jamais une phrase ne m'a paru aussi vraie que celle que je viens de prononcer. Les jours, les semaines et les mois vont être un calvaire d'attente et je vais sûrement mal le vivre.

— Toi aussi, me chuchote-t-elle en réponse.

Relevant son visage, jusqu'ici posé contre mon cœur, elle vient me voler un baiser qui se veut doux au départ mais s'intensifie considérablement au fil des secondes. Petit à petit, je sens la chaleur monter en moi jusqu'à devenir insupportable et me brûler de l'intérieur. Je devine que Rose partage ce sentiment et je l'accueille avec joie lorsqu'elle passe sa jambe gauche au-dessus de moi afin de me chevaucher. Notre baiser se fait fiévreux et son bassin ondulant doucement contre le mien a pour unique résultat de me rendre fou. Mes mains tremblent tant elles désirent la toucher, caresser chaque parcelle de son corps. Je la veux entièrement et je ressens cette folie intérieure qui me pousse à commencer par la consumer physiquement afin de me rapprocher plus encore d'elle. Mes doigts glissent sur sa peau, la rendant moins douce en créant des frissons. Je devine à son gémissement qu'elle a senti mon érection et que mon excitation augmente la sienne. Les minutes passent et nous ne sommes plus que baisers et caresses, amour et passion, tendresse et luxure. J'ai peur d'aller trop vite, peur qu'elle pense qu'une fois que j'aurai son corps, je me ficherai de son cœur, alors je ralentis et me détache à contrecœur de ma jolie fleur. Elle devine mes craintes et ses yeux bleus se plongent dans les miens, son souffle pressant se mêle au mien et je sens ses mains frôler mes bras nus.

— Je t'aime, Ethan, me dit-elle dans un murmure.

Je pleurerais presque de bonheur. Tout semble plus fort en cet instant et mon cœur bat à tout rompre. Ma respiration est laborieuse, et pas seulement parce que j'ai envie d'elle, l'émotion me coupe le souffle. Je l'embrasse, avec fougue, avec rage, avec tant d'amour. Je lui murmure d'innombrables « Je t'aime » en me relevant, la tenant dans mes bras, et je nous entraîne dans sa chambre, sur ce lit où j'ai pris tant de plaisir à la regarder dormir. Ses longs cheveux encerclent son visage et je me mords la lèvre en la regardant, elle est encore plus belle aujourd'hui. J'ai l'impression qu'elle s'embellit de jour en jour, tout en ayant conscience que c'est parfaitement impossible. Est-ce que je perds la tête ? Que la folie me gagne, je me préfère fou dans ses bras que sain d'esprit loin d'elle. Tout est tellement bon avec Rose.

Avec toute la douceur dont je suis encore capable de faire preuve, je la dépouille de ses vêtements et j'essaie de ne pas suffoquer face à la beauté de ses courbes. J'aime les rondeurs à peine visibles de son ventre et de ses hanches, et lorsqu'elle tente de se cacher, je viens l'embrasser, partout où j'ai accès. Nue sous mon corps, elle se laisse peu à peu faire et ses doux gémissements font vibrer mon cœur et, soyons honnête, mon entrejambe. Je la goûte, je la savoure, prenant un sein dans ma main, un morceau de chair entre les dents. Je fais glisser la pulpe de mes doigts sur la fermeté de ses cuisses, puis entre elles. Je vois les yeux de Rose s'humidifier de plaisir et ses ongles se plantent avec force dans mes épaules, m'arrachant une plainte teintée d'excitation. Mes lèvres viennent rencontrer les siennes, les plus intimes, puis remontent à celles que tout le monde voit mais ne peut goûter. Je la sens tremblante sous moi mais pas passive pour autant. Ses doigts parcourent aussi mon corps et lorsqu'ils se resserrent autour de ma virilité, la tête me tourne et je ne peux réprimer mon plaisir qui s'échappe sous la forme de râles. Ma petite sirène retrouve bien vite son côté enchanteur et sa position d'avant, me chevauchant avec fougue et grâce. Et après un dernier échange de mots d'amour, je la sens glisser le long de mon sexe, nous faisant tous les deux perdre pieds. J'ignorais que faire l'amour pouvait être si différent de ce que j'avais connu jusqu'ici. Mais m'unir à Rose est probablement la meilleure chose que j'ai expérimentée à ce jour. Je la regarde avec vénération monter et descendre, s'accrochant à mes épaules, m'embrassant par moment. Et quand je sens ses jambes faiblir, je la fais rouler sur le dos et recommence à la chérir. Il nous faut peu de temps avant d'atteindre ce point de non-retour qui ne saurait être décrit, et d'un baiser, j'étouffe nos ultimes gémissements de plaisir, l'atteinte d'un orgasme sans précédent.

Notre danse prend fin et je garde Rose tout contre moi, espérant ainsi qu'elle ne puisse plus s'en détacher. Je lui murmure mon amour auquel elle répond avec autant de douceur et je m'endors contre elle, les larmes aux yeux.

Quand je me réveille, le lendemain, ma jolie fleur m'observe alors que je suis encore nu – tout comme elle – et je ne peux que sourire béatement.

— Tu aimes ce que tu vois ? demandé-je.

— Énormément. J'aime tes muscles, ton teint parfaitement hâlé, tes tatouages qui te donnent un charme fou… tout est très attrayant chez toi.

— Rose, ton honnêteté me tuera…

Elle rit et se love contre moi, puis elle embrasse mon cou.

— C'est qui, Vivii ? demande-t-elle tout à coup.

Je me mets à rire en l'imaginant se torturer les méninges devant mon tatouage. Celui-ci entoure ma cheville avec un motif de chaîne, mon bracelet de prisonnier. Rose est bien la seule à réussir à me faire rire en le mentionnant.

— Ce n'est pas un 'qui' mais un 'quoi'. Je t'expliquerai, un jour. C'est promis, ajouté-je en voyant sa mine déçue.

Après de nombreux gestes tendres, plusieurs passionnés, une bonne dose de sucre avec le petit déjeuner et de rire dans nos discussions, je remarque qu'il est presque l'heure pour moi de partir. Je la serre dans mes bras, avec un peu plus de force que prévu mais elle ne s'en plaint pas et, par peur qu'elle l'oublie, je lui répète combien je l'aime. Je lui jure de vite revenir, définitivement, cette fois, et je la supplie de m'attendre.

— Ethan, personne ne saura te remplacer.

Une dernière fois, je la prends dans mes bras, trop ému pour émettre un autre son. Je la soulève, ses jambes s'enroulent autour de moi et naturellement, nous faisons l'amour encore une fois. Nous y mettons tous nos sentiments, les bons de notre amour et les mauvais de la séparation, et je tente de graver chaque moment dans mon esprit pour tenir le coup jusqu'à l'été prochain. Je suis tombé follement amoureux d'une fleur épineuse et, si je m'y suis souvent piqué le doigt, je n'hésiterai pas à verser quelques gouttes de sang supplémentaires juste pour le plaisir d'humer son parfum au quotidien.

Nous avons décidé qu'elle ne viendrait pas me dire au revoir, pas plus qu'à Stecy. Je refuse de regarder dans mon rétroviseur sa silhouette rétrécir pour finalement disparaître. Elle ouvrira sa boutique et ma sœur et moi partirons, tout simplement. J'imagine que les larmes retenues au cours de notre dernier baiser sont en train de couler sous la douche mais je me fais violence et sors de chez elle alors qu'elle est encore sous l'eau. Les mois seront longs mais l'attente en vaudra la peine. Rose en vaut toujours la peine.

En partant, je découvre un hibiscus sur le pas de la porte de ma petite amie et même si cela ne se fait pas, je ne peux m'empêcher de lire le message qui l'accompagne. « *Vous avez rendez-vous avec le bonheur, il était temps.* »

Partie 2

VINGT-TROIS

1 an plus tard...

ROSE

Le soleil est chaud sur ma peau et je m'en réjouis. Jamais je n'ai autant attendu le retour de l'été qu'aujourd'hui. Les êtres les plus chers à mon cœur vont revenir, à l'exception de mon cousin, et je suis profondément excitée par leur retour. Ce matin, je prends plaisir à simplement marcher dans les rues calmes de Lacanau-Océan et mon cœur se gonfle de joie en arrivant devant ma boutique. J'y trouve un superbe œillet et je sais qu'il est accompagné d'un message délicieux que je m'empresse de lire. « *Je suis toujours ton serviteur dévoué, le temps qui passe n'estompe pas mes sentiments pour toi.* » Je n'arrive pas à voir ces déclarations presque amoureuses d'un mauvais œil. Je sais que je devrais me méfier, qu'un psychopathe est peut-être derrière ces livraisons, mais je me sens tellement bien quand j'en reçois que je ne peux me résigner à les considérer de manière négative. On m'en adresse depuis l'année dernière et seulement pendant l'été, j'associe donc ces livraisons à mes souvenirs avec Ethan. Notre relation n'a peut-être pas commencé aussi bien que nous aurions pu le souhaiter, mais les difficultés nous ont forgés et je suis heureuse du couple que nous sommes devenus. Les mois séparés ont été un calvaire en dépit des messages et appels échangés et je ne tiens plus en place en pensant que je vais le voir aujourd'hui. À cause des différentes missions de travail au noir qu'on lui a confiées, souvent la veille pour le lendemain, il n'a pas pu venir me voir. De mon côté, je n'ai pas eu la possibilité de monter à la capitale car la perte d'argent causée par le vandalisme de mon ex petit ami et les jours où je n'ai pas ouvert la boutique à cause de mon chagrin ont causé un réel trou dans mes finances.

Cette année encore, Stecy me tire de mes pensées. Je sens un poids plume sauter sur mon dos et je reconnais immédiatement l'effluve de son parfum. Elle descend et je me retourne en un rien de temps pour la serrer dans mes bras. Ça fait tellement de bien de la revoir, de pouvoir la toucher et pas seulement lui parler au travers d'une machine, telle qu'un ordinateur ou un téléphone. Mais avant que je n'ai le temps de prononcer un mot – un vrai, pas des cris de joie – elle s'écarte et l'homme de ma vie apparaît devant moi. J'ignore comment je parviens à retenir mes larmes mais je m'en tire plutôt bien à ce niveau. Sans hésiter, je me jette dans ses bras et le serre aussi fort que je le peux. Je pense que nous restons dix bonnes minutes comme ça, moi dans ses bras. Je jouis de son odeur, de la chaleur de son corps et de la tendresse de ses gestes. Je n'arrive pas à prendre assez de lui en moi et, quand je m'écarte légèrement, je ne peux m'empêcher de toucher son visage, son cou, ses cheveux, ses bras, son torse. Je me précipite sur ses lèvres et dévore cette bouche tentatrice qui m'a susurré bien des choses au téléphone pendant ces dix mois. C'est tellement bon de le sentir que c'en est douloureux. C'est trop fort, trop intense. Nous n'arrivons pas à nous rassasier et à avoir assez l'un de l'autre, mais je ne ressens aucune gêne face à nos retrouvailles publiques.

— Tu m'as tellement manqué... me dit-il à l'oreille, embrassant mon lobe puis redirigeant ses baisers vers ma tempe.

— Toi aussi, j'ai cru que l'été ne reviendrait jamais.

Je sens mes pieds décoller du sol et je remarque que mon amant m'a soulevée. Je ris comme une enfant, tant la joie contenue en moi est forte, et je me ravis de voir un si beau sourire se dessiner sur le visage hâlé du bel homme en face de moi. Il me fait glisser contre lui et le contact m'électrise. Mais plus que le désir charnel, je ressens l'envie de rester près de lui pour toujours.

— Est-ce que tu restes, cette fois ? demandé-je presque timidement.

— Si tu veux bien de moi, je reste pour toujours.

— Tu es tout ce que je veux.

Nos regards ne se détachent plus et je lis tellement d'amour dans les yeux d'Ethan que cela en devient presque indécent. Je lui suis sincèrement reconnaissante d'être venu me rejoindre, d'avoir tout quitté pour s'installer ici avec moi. Bien sûr, je suis heureuse qu'il soit là, mais je suis surtout touchée qu'il comprenne l'importance de mon commerce pour moi. Je ne peux pas tirer un trait sur ma vie ici, cela serait comme effacer les merveilleux souvenirs de mon père et son dur labeur. Je suis profondément émue que mon petit ami le comprenne et accepte de faire des sacrifices pour moi.

Une fois la boutique ouverte, j'invite mon amie et son frère à s'asseoir, et je leur explique que Lucas a dû remonter dans le nord de la France pour s'occuper d'affaires personnelles.

— Il m'a prévenu, me dit Ethan.

Celui-ci a accepté de travailler pour mon cousin cette année et je suis impatiente de le voir donner des cours de surf. Je suis certaine qu'il adorera et puisque ce sport est une corde sensible, j'espère que ce nouveau boulot lui permettra d'effacer quelques mauvais souvenirs et d'en créer de nouveaux.

— Il m'a fait parvenir les clés par courrier, du coup je vais ouvrir sans lui, ajoute-t-il.

— Tu auras besoin d'aide pour les cours ? demande sa sœur.

— Aucune idée, je ne sais pas le nombre d'inscriptions, pour le moment. Mais si j'ai besoin, je te le dirai.

J'observe l'échange d'un œil curieux et je m'inquiète un peu car je trouve Ethan différent, un brin froid, peut-être ? Le changement est à peine perceptible et je me dis que je suis peut-être folle, mais j'ai l'impression de voir une barrière invisible, une sorte de carapace dans laquelle il est prêt à se réfugier si besoin est. Je ne l'ai jamais vu comme ça et je me demande si j'ai là un aperçu de l'homme qu'il était avant. Si oui, je me demande ce qui a pu le faire changer comme ça.

Il m'embrasse avec beaucoup de tendresse et me fait oublier toutes mes questions. Après tout, je me fais peut-être tout bêtement des films et je ne vais pas commencer à me torturer l'esprit. Je ne suis pas de celles qui aiment se créer des histoires et je ne veux pas le devenir. Ethan est là, tout va pour le mieux.

Une fois son frère parti pour ouvrir l'école, Stecy me raconte comment s'est passée l'année et n'hésite pas à me dire qu'Ethan n'a cessé de parler de moi, au point d'en devenir insupportable.

— Je te jure, j'ai eu envie de déménager, dit-elle en riant.

— Je suis désolée, dis-je à mon tour. Vous habitez juste tous les deux ?

— Non, avec notre mère. Les loyers sont plutôt élevés à Paris, donc on est encore chez elle. Avec nos trois salaires, on arrive à vivre plutôt aisément donc ça va.

J'ai très envie de lui demander ce qu'il en est de son père mais j'ai peur de faire une gaffe, que cela soit un sujet sensible, voire interdit. Par chance, Stecy commence à être habituée et réussit à me lire sans que j'ai à prononcer un mot.

— Mon père est décédé. Accident de la route.

— Je suis désolée… dis-je faiblement.

— C’est moi qui le suis pour lui. L’alcool aura finalement fauché sa vie.

Mon amie n’ajoute rien et je ne sais quoi répondre. Je connais les dégâts provoqués par l’alcool, j’en ai été victime et je déplore ce vice, mais je ne peux m’empêcher de compatir. Pour l’homme qui est décédé, oui, mais surtout pour la femme et les enfants qu’il a laissés derrière. Je suis persuadée que le père de Stecy et Ethan est en grande partie responsable des souffrances de leur passé, car aucun des deux n’en a parlé avec le sourire. Je sais donc que le sujet est à éviter en leur présence et c’est ce que je compte faire.

— Tu as eu des nouvelles de Lucas ?

— Pourquoi tu me demandes ça ?

Stecy est sur la défensive et je la sens gênée, ce qui promet du croustillant. Je souris et me plonge dans mes papiers comme si de rien n’était.

— Comme ça, je suis juste curieuse. La dernière fois que je vous ai vus ensemble, le courant avait l’air de passer.

— Et bien, il y a eu une coupure d’électricité.

Je l’interroge du regard.

— Je n’ai pas eu de nouvelles de lui depuis deux mois et je n’ai absolument aucune idée de ce que nous sommes censés être lui et moi.

— Tu es amoureuse de lui… constaté-je soudainement.

Stecy choisit de ne pas me répondre mais je n’ai pas besoin d’une confirmation, je sais voir l’amour quand il y en a. Ce regard, je suis sûre que j’ai le même quand je pense à Ethan. L’idée que mon amie puisse aimer mon cousin et être aimée de lui me rend toute chose et je ne peux m'empêcher d'espérer qu'ils formeront un tout, un jour. Étonnamment, je ne m'inquiète pas que les antécédents de Lucas soient un problème pour Stecy car je suis convaincue qu'il ne fera jamais preuve de violence vis-à-vis d'elle. Je soutiens ce couple à cent pour cent et les imaginer ensemble m'enchante.

— Lucas a eu des problèmes de famille. C'est pour ça qu'il ne t'a pas répondu et qu'il n'est pas encore revenu. C'est peut-être beaucoup demander mais… sois patiente. Il t'expliquera en temps et en heure.

— Je comprends soudainement ta frustration quand mon frère reste vague sur sa vie…

Je ne lui fais pas dire. Ethan est très doué pour garder ses secrets et moi, je suis trop curieuse pour un homme comme lui.

VINGT-QUATRE

ETHAN

J'ai eu un mal fou à ouvrir la porte de l'école et je pense qu'un brin de rafraîchissement ne ferait pas de mal à cette baraque. Je ne suis même pas sûr qu'il soit utile de la verrouiller, un coup de hache dans le mur en bois serait suffisant pour les voleurs. Mais étonnamment, personne n'a essayé de le faire, pour le moment.

Je passe les premières heures de la matinée à ranger et dépoussiérer pour que l'école soit plus attirante. Des planches y sont exposées ainsi que des combinaisons et autres éléments utiles aux surfeurs. Lucas ne fait pas de ventes de matériel, il dirige les gens vers la boutique d'à côté, mais il se sert de ces produits pour parler un peu du sport aux futurs élèves et, bien sûr, il en a besoin pour les cours. D'après ce qu'il m'a dit, il a un contrat avec cette autre commerce qui vend le matériel et il n'a donc pas à payer pour ce qu'il expose ou utilise pour ses leçons, en échange, il leur fait de la publicité et envoie ses élèves s'équiper là-bas. C'est un accord plutôt positif pour les deux parties.

Quand j'entends la porte s'ouvrir, je relève la tête de derrière le comptoir et aperçois une brune que je connais plutôt bien.

— Hey, Sam. Comment tu vas ?

— Salut, beau brun.

Elle ignore ma question polie et vient m'embrasser sur les deux joues en prenant soin de coller sa poitrine contre la mienne. C'est du Samantha tout craché, elle n'a pas perdu son côté tentateur mais je ne suis pas plus intéressé que l'an dernier.

— Ce genre de choses, il va falloir éviter, lui dis-je gentiment.

— Quel genre de choses ? demande-t-elle innocemment.

Je soupire, las.

— Tu sais de quoi je parle. Je t'apprécie, tu es une fille vraiment sympathique…

— Laisse-moi te montrer à quel point, me coupe-t-elle.

J'arrête sa main avant qu'elle ne se pose sur moi et la maintiens à distance en la dévisageant froidement.

— Je suis sérieux, Sam. On peut être amis si ça te dit, mais je n'hésiterai pas à tirer un trait sur toi si tu tentes des choses qui pourraient blesser Rose.

— Elle t'a vraiment retourné le cerveau.

— On a déjà eu cette discussion, il me semble.

J'admire son acharnement mais, d'une certaine façon, je le trouve aussi agaçant. Je ne veux pas prendre le risque que ma petite amie nous surprenne et perde sa confiance en moi. J'ai déjà assez de choses à gérer. Je n'ai aucune idée de la manière dont je vais pouvoir lui parler de ce qui me pèse tant.

Samantha profite que je sois perdu dans mes pensées pour s'approcher et je tourne la tête assez rapidement pour que ses lèvres se posent sur ma joue, et non ma bouche. Cette fois, je suis vraiment agacé par son comportement que je trouve à la limite de l'irrespect. Mais je n'ai pas le temps d'intervenir que la voix de ma sœur résonne dans la vieille baraque en bois.

— Sors d'ici avant que je ne m'énerve.

— T'es qui, toi ? rétorque Samantha, hautaine, comme toujours.

Les deux se sont déjà croisées une fois mais si Stecy sait précisément qui est Sam, l'inverse n'est pas vrai.

— Sa sœur. Et ici, tu es chez le cousin de sa petite amie. Alors dégage, de suite !

Je sens la brunette frémir mais elle ne se démonte pas pour autant. Elle sort la tête haute en riant presque au nez de Stecy. Je la sens bouillir et je suis à peu près dans le même état. Dernièrement, un rien me fait monter, comme si j'étais revenu plusieurs années en arrière. Samantha n'aide vraiment pas.

— À quoi tu joues, bordel ?!

— Il ne s'est rien passé, calme-toi.

— Il ne s'est rien passé parce que je suis arrivée !

— Ne me prends pas la tête, Stecy. Je suis pas d'humeur.

— J'ai remarqué et Rose aussi, continue-t-elle, agressive.

La mention de son nom me fait relever la tête puis soupirer. Je ne veux pas qu'elle se sente mal à cause de moi. Je me laisse tomber dans le fauteuil normalement réservé aux clients et je ferme les yeux, la tête en arrière. J'entends ma sœur soupirer à son tour et sens sa main sur mon avant-bras.

— Ethan, tu as décidé de revenir malgré tout ce que tu sais. Si tu ne le sens plus, repars, ne la brise pas et ne me mets pas dans la merde. Je ne te le pardonnerais pas, finit-elle faiblement.

J'ouvre les yeux et les plonge dans les siens.

— Tu la choisirais plutôt que moi ? demandé-je, à moitié sérieux.

Elle reste silencieuse un long moment sans jamais détacher son regard du mien et le bleu de ses yeux, qui fait écho au mien, en dit plus que nécessaire.

— Je ne choisirai jamais entre vous et même si je vous aime d'une façon similaire, tu es mon frère et tu seras toujours un des êtres les plus importants pour moi. Mais Rose m'est très précieuse et je t'en voudrais vraiment de me la faire perdre.

— Tu as caché ce secret trop longtemps, Stecy.

Ma sœur secoue la tête et se relève, essayant d'ignorer ce que je dis, même si elle sait que j'ai raison.

— Je finirai par lui en parler. Je ne peux pas continuer dans le mensonge. Et elle saura que tu lui as menti tout ce temps.

— Je sais… ajoute-t-elle tristement.

— Stecy. C'est Rose, elle ne t'en voudra pas, elle saura faire la part des choses.

— Tu n'es pas convaincu par tes propres mots. Si tu l'étais, tu lui en aurais déjà parlé. Mais tu ne dis rien, tu te tais parce que tu as peur de la perdre, toi aussi. Je le comprends, mais dans ce cas, fais les choses correctement. Si c'est pour la rendre triste avec ta mauvaise humeur, pars, tu la fais plus souffrir qu'autre chose.

Stecy se dirige vers la sortie en me laissant là, perdu. Mais avant de partir, elle se retourne et ajoute un « Je t'aime, frangin ». Nous n'avons pas l'habitude de nous disputer, pas sur des sujets si sensibles, et ses mots me réconfortent. Je lui retourne les sentiments et referme les yeux, essayant de fuir mes problèmes.

Vers dix-sept heures je ferme l'école pour pouvoir passer du temps avec Rose. Si Lucas avait été là, il aurait pris la relève mais il n'est pas encore arrivé et le jeune saisonnier de l'an passé n'arrive que début juillet. Je décide donc de terminer plus tôt et de finir l'après-midi avec la femme que j'aime. Nous avons prévu de surfer, même si l'eau est encore fraîche, et l'idée me réjouit. J'avais pris beaucoup de plaisir lorsque je lui avais donné son premier cours et je suis impatient de pouvoir l'admirer de nouveau sur une planche. Je dois être honnête, je trouve ça très excitant de la voir affronter l'océan.

Elle m'embrasse en arrivant et j'oublie immédiatement tout ce qui me tracasse. Je ne sais pas de quoi sera fait demain mais je suis sûr d'une chose, j'ai besoin d'elle dans ma vie et il n'existe pas meilleure place pour moi que celle qui se situe à moins d'un mètre d'elle. Je me sens entier à ses côtés.

Nous ne passons pas plus de deux minutes sans nous toucher. Il faut toujours qu'un de nous ait une main sur l'autre, comme si nous avions peur de nous perdre. Mais je suis obligé de me détacher d'elle pour la laisser surfer. Elle me dit qu'elle veut me montrer comment elle s'en sort et, après lui avoir rappelé quelques points, je la laisse faire et la regarde d'un peu plus loin. Elle glisse sur la vague avec une grâce rare et sa position est parfaitement maîtrisée. Je n'en crois pas mes yeux, elle est incroyable ! Quand elle revient vers moi en souriant et qu'elle enroule ses bras autour de mon cou, je reste sans voix.

— Comment…

— Il se pourrait, c'est une hypothèse, bien sûr, que j'ai fait semblant de n'être jamais montée sur une planche avant notre premier cours. Bien sûr, ce n'est qu'une possibilité, dit-elle en riant.

Elle se mord la lèvre (j'ai moi aussi très envie de la mordre) et continue de me raconter sa mise en scène.

— Lucas m'a appris à surfer, il y a quelques temps. Je ne m'en sors pas aussi bien que vous deux, ni même que Stecy, mais je me débrouille. Je suis une fille de l'océan !

— Ma petite sirène, ajouté-je en riant. Pourquoi avoir fait semblant ?

— Je n'ai pas vraiment fait semblant, je t'ai juste laissé croire ce que tu voulais, dit-elle, souriante. J'avais envie que tu m'apprennes, j'aimais bien que tu me touches pour me repositionner ou me montrer des choses différentes.

— Tu es vicieuse ! Petite manipulatrice !

Nous rions tous les deux et nous embrassons avec tendresse mais aussi passion pendant de longues minutes.

— Est-ce que je t'ai déjà dit que tu m'as terriblement excité la première fois que je t'ai vue sur une planche ? Et que cette excitation a triplé à l'instant ?

— Ça te plaît de me voir glisser sur les vagues ?

— Tu n'imagines pas, dis-je à voix basse avant de l'embrasser.

Je suis impatient que la nuit tombe et qu'elle ne soit plus qu'à moi, sous les draps. Nous avons dix mois à rattraper et mon envie d'elle m'enflamme de l'intérieur. C'est bon de la retrouver.

VINGT-CINQ

ROSE

Après nous être rincés du sel et du sable, Ethan et moi avons décidé d'aller manger un bout. La plupart des restaurants sont ouverts mais peu fréquentés car l'été commence à peine. Nous en choisissons un parmi ceux qui ont une vue sur l'océan et nous installons en terrasse pour profiter des derniers rayons du soleil et de la chaleur qui s'en dégage. Un serveur que je ne connais pas nous apporte les cartes tandis que mon ami Freddy me fait un signe de derrière son bar. Je lui souris et sens la main d'Ethan se resserrer sur la mienne. Quand je reporte mon attention sur lui, il arbore un petit sourire moqueur qui masque à peine sa jalousie.

— Tu n'oublies pas que je suis là ? me demande-t-il.

— Impossible d'oublier qu'on tient la main du plus bel homme de Lacanau.

— Seulement de Lacanau ?

Il ne me laisse pas le temps de répondre et m'embrasse, avalant mon rire au passage. J'aime quand il est détendu comme ça et j'en oublierais presque son comportement étrange plus tôt. Mais j'ai une excellente mémoire et je suis aussi d'un naturel inquiet. Mon cœur supplie ma tête de cesser la torture et de profiter de l'instant présent, mais je n'y arrive pas. Paradoxalement, je suis incapable d'entrer dans le vif du sujet et de lui demander de but en blanc ce qui ne va pas. Je me demande si quelque chose s'est passé à Paris et je mise sur le mois de février car j'ai noté un long silence pendant cette période. Je n'ai pas osé lui demander des explications à ce moment car j'avais peur de me montrer intrusive et qu'il me rejette. J'étais bien trop heureuse qu'il revienne vers moi.

Nous passons commande et quand notre apéritif nous est apporté, nous trinquons à l'été, à notre couple et donc à notre amour. Que de bonnes choses à fêter.

— Tu as prévu de dormir où ?

— J'attendais qu'on aborde le sujet, justement, me répond-il. Pour le moment, j'ai mis mes affaires à l'appartement que Stecy loue mais je ne sais pas ce que tu veux qu'on fasse.

Nous avons discuté de son emménagement définitif à Lacanau-Océan avant son arrivée. Lucas lui a proposé un poste et Ethan l'a bien évidemment accepté. Le commerce ne tourne réellement qu'en été mais mon cousin a bien d'autres activités le reste de l'année et je suppose qu'il prévoie d'y faire participer mon petit ami. Pour ce qui est du logement, cependant, nous n'avons rien défini. J'aimerais qu'Ethan vienne vivre avec moi, je pense que ça serait plus intelligent économiquement parlant, et j'ai très envie de me réveiller chaque matin à ses côtés, mais j'ai peur de le lui proposer car je m'inquiète de ce qu'il pourrait en penser. Pourtant, si je ne dis rien, il ne pourra décemment pas prendre une décision.

— J'ai acheté ma maison avec l'héritage de mon père et de ma grand-mère. Elle n'est pas immense mais elle me plaît et je ne veux pas m'en séparer. Mais j'ai quand même envie de vivre avec toi… Je comprendrais que ça te gêne car ce n'est pas chez toi, ou que tu n'aies pas envie qu'on vive ensemble, ou que…

— Rose.

Je m'arrête et relève la tête en entendant mon nom. Il sourit et ses yeux ne quittent pas les miens.

— Je serais ravi d'habiter avec toi, déclare-t-il.

Mon cœur fait des sauts, des saltos, des roulades et plein de figures improbables. Je retiens avec difficulté ma joie et mon excitation. Son regard me laisse croire qu'il attendait juste que je lui propose d'emménager avec moi et je suis heureuse de l'avoir fait.

— À condition que tu me laisses participer aux frais.

— Bien entendu !

Je dirais, de toute façon, oui à n'importe quelle condition, tant je suis heureuse qu'il accepte. Je suis ravie de constater qu'il a envie de partager un toit avec moi autant que je le désire. J'avais peur d'être la seule prête à faire évoluer notre relation. Nous sommes ensemble depuis presque un an mais en avons passé plus des deux tiers à des kilomètres l'un de l'autre. Son refus aurait donc été compréhensible.

Notre repas se passe extrêmement bien. Je raconte à Ethan ce que Lucas et moi avons fait pendant ces dix mois et il rit quand je lui parle de notre réveillon de Noël. C'est un événement qui est un peu triste pour lui comme pour moi, alors, l'an passé, nous avons choisi de le fêter un peu différemment des autres fois. Nous avons passé la nuit du réveillon et la journée de Noël plongés dans nos marathons. Harry Potter en premier, puis Le Seigneur des Anneaux. Et j'ai même réussi à le convaincre d'enchaîner avec Twilight alors qu'il déteste la saga. Après quelques verres (bouteilles ?), il est plus facile d'obtenir ce qu'on veut. J'ai donc abusé de mon cousin et je lui ai fait dévorer vampires et loups-garous, je le reconnais. En attendant, nous avons passé un bon moment et cela nous a fait oublier nos problèmes et nos mauvais souvenirs.

De son côté, Ethan me dit qu'il a fait un extra dans un restaurant pour Noël mais qu'il a quand même eu l'occasion de le fêter avec sa mère et sa sœur. Lorsque le sujet des cadeaux est abordé, nous dérivons sur les anniversaires. En utilisant les coordonnées laissées par Stecy, je lui ai envoyé quelque chose pour le sien, en mai, trop impatiente pour attendre qu'il me revienne. Il m'a déjà remerciée par téléphone quand sa sœur le lui a remis, mais maintenant, il tient quand même à fêter le mien en retard.

— Ce n'est pas la peine.

— Rose, ton anniversaire était il y a quelques jours, on doit absolument le fêter.

— Ce n'est pas nécessaire, je t'assure.

— Je ne te demande pas si c'est nécessaire, je te dis que je veux fêter ta naissance, me dit-il, très sérieux.

Je suis touchée que mon anniversaire ait de l'importance pour lui, alors j'accepte sans réfléchir plus longtemps.

— Je t'aurais bien dit d'attendre août pour le fêter en même temps que celui de Lucas mais je sens que tu vas me dire que c'est trop tard.

— Exact.

— J'aimerais quand même qu'on l'attende. Il revient dans moins d'une semaine, on pourra le fêter à ce moment-là, si tu veux ?

— Je veux, dit-il en souriant.

Après notre repas, nous passons récupérer ses affaires pour les amener chez moi. Chez nous, maintenant. Et enfin, nous pouvons nous adonner pleinement à cette danse sensuelle que nous avons réfrénée jusqu'ici. Je ne peux pas attendre plus longtemps et laisse mes mains vagabonder sur ce corps que j'aime tant. Il est aussi ferme que dans mes souvenirs et je m'en veux de ne pas faire plus de sport. Je sais à ses yeux brillants que mes formes le ravissent mais je me sentirais mieux avec un corps sculpté comme celui des filles que je vois parfois sur la plage. Sur l'instant, je me promets de me remettre à courir et à faire de la musculation, puis, quand Ethan m'allonge sur le canapé, j'oublie tout. Le sport en chambre suffira peut-être à brûler ces quelques kilos détestables que mon amant a l'air de trouver charmants. Il les frôle, les caresse, les saisit à pleines mains et si son souffle est un bon indicateur de son appréciation, alors je ne m'avance pas en disant qu'il en est fou.

Ce soir, nous faisons l'amour avec cette passion qui nous caractérise si bien. Je regrette la lumière éteinte et le soleil couché, tous deux m'empêchent le plaisir des yeux mais mes autres sens s'abreuvent du corps, du parfum, des râles et des gestes d'Ethan. J'en veux plus, tellement plus. Toute une vie ne sera jamais assez pour me rassasier de cet homme.

Des doigts dans mes cheveux me font ouvrir les yeux. Je sens le corps de mon petit ami sous le mien et je réalise que je me suis assoupie. Je me sens tellement bien dans ses bras que je me laisse trop souvent aller. Avec difficulté, j'allume la lampe à côté du canapé, nous aveuglant tous les deux, et quand je retrouve l'usage de mes yeux, je m'installe correctement sur lui. Il ne me faut pas plus de trente secondes pour remarquer un nouveau tatouage. J'ai mémorisé chaque marque sur sa peau et je sais que cette rose noire et ténébreuse n'était pas présente l'an dernier. Elle trône fièrement sur sa poitrine et les oiseaux, qui eux étaient déjà là, donnent l'impression de s'en échapper.

— Ethan…

— Je l'ai fait récemment, me confirme-t-il.

— C'est tout ?

— Comment ça ?

— Tu ne vas pas m'en dire plus ? dis-je, suppliante.

Il se met à rire et je fais la moue.

— Je fais un tatouage par an et il représente généralement l'élément le plus marquant de l'année passée. Alors forcément, c'est une rose cette fois. Je l'ai faite par rapport à toi, tu en doutais ? dit-il, rieur. Je n'ai qu'une Rose dans ma vie et elle a les plus jolis pétales qui soient. Mais aussi les plus belles épines, ajoute-t-il en mordillant ma lèvre inférieure.

Je résiste à l'envie de remettre le couvert, je veux en savoir plus, je veux profiter de l'instant pour lui soutirer des informations.

— Pourquoi est-ce que je fais fuir tous ces beaux oiseaux ?

— Beaux ? Ces oiseaux ne sont pas beaux, pas dans mes souvenirs en tout cas. Rose, ce sont toutes les femmes qui ont partagé mes nuits, toutes celles qui n'ont jamais compté mais qui m'ont fait oublier ma peine. Ils fuient tous ta beauté, ils s'échappent du véritable amour que tu représentes, finit-il dans un faible murmure.

Je ne peux pas résister plus longtemps lorsqu'il me dit des choses comme ça. Je trace la multitude d'oiseaux qui s'échappent sur son épaule et son bras, et les griffe légèrement avant de venir dévorer l'homme que j'aime. Je compte bien lui faire oublier toutes les autres nuits où il n'était pas avec moi.

VINGT-SIX

ETHAN

Les premiers jours de l'été sont passés assez vite et Lucas est de retour, d'après ce que ma petite amie m'a dit. Je le rejoins à l'école de surf d'ici deux heures et, ce soir, nous fêterons dignement la naissance de Rose. Mais en attendant qu'il soit l'heure de partir, je regarde la jolie fleur endormie à côté de moi. Elle est tellement belle… Je réalise la chance que j'ai de partager sa vie et la peur ne fait que grandir en moi à l'idée de la perdre. J'aimerais l'enfermer sous une cloche comme la Bête ou le Petit Prince, mais elle fanerait probablement trop vite et il ne me resterait que ses pétales morts pour témoigner de notre amour. Je veux la voir s'épanouir, s'ouvrir sous les rayons du soleil et vivre. Je ne lui souhaite que du bonheur et j'ai conscience d'être une part de celui-ci, mais, à tout moment, il pourrait s'effondrer par ma faute. Stecy aimerait que je me taise et un morceau de mon être pense que le silence est l'option la plus sûre, seulement, je n'aime pas mentir. Ce secret familial pèse trop lourdement sur mes épaules et le jour où Rose me demandera de lui parler de mon passé, le jour où elle ne supportera plus d'être dans l'ignorance, je serai obligé de tout lui raconter, y compris ce secret. Parfois, je me dis qu'il serait préférable de tout lui dire maintenant, plus j'attends et plus j'ai peur, plus je fuis et plus elle risque de m'en vouloir de m'être tu. Mais chaque fois que je me prépare psychologiquement à lui parler, mon courage s'efface lorsque l'idée de la perdre refait surface. Je me sens lâche mais je préfère la lâcheté à une vie sans elle.

Je la sens s'agiter et reporte mon attention sur elle. Je devine qu'elle est en plein cauchemar lorsque je vois ses sourcils se froncer, sa respiration s'agiter et quelques perles de sueur glisser sur ses tempes. Je m'apprête à la réveiller lorsque je l'entends murmurer un « Papa… » plein de souffrance. Je vais brûler en enfer si je ne fais pas quelque chose rapidement à propos de ma situation.

Je pose une main sur son visage et chuchote son prénom avec tendresse pour la réveiller. Ses yeux s'ouvrent d'un coup et je la sens perdue. Elle retrouve peu à peu ses repères et vient se réfugier dans mes bras, malgré la chaleur pesante dans la pièce. Je me fiche de la température, je sers Rose contre moi et lui laisse le temps de me raconter son cauchemar, si le cœur lui en dit.

— C'était vraiment bizarre. Il y avait un homme qui n'avait pas le visage de mon père mais c'était mon père. Je ne sais pas comment l'expliquer… Je le sentais. Tu étais là, toi aussi, avec ton vrai visage, ajoute-t-elle plus légèrement. Puis mon père est parti et j'ai couru après lui mais je faisais du surplace, c'était tellement frustrant ! J'avais l'impression que mon corps était bloqué, que lui et moi n'étions pas dans la même dimension. C'était étrange… termine-t-elle.

Je sens les vestiges de son triste rêve s'effacer et avant que je ne puisse dire un mot, elle se redresse et nous presse en voyant l'heure sur le réveil.

— On va être en retard ! Va vite te laver !

— On peut y aller ensemble, on gagnera du temps, dis-je, séducteur.

— Certainement pas, répond-elle en riant. Hier soir, on s'est prouvés qu'on était incapables de garder nos mains pour nous quand on partage la même cabine de douche. Je ne réitère pas l'expérience !

— Quel dommage, terminé-je.

Je dépose un baiser sur sa joue et me dirige vers la salle de bain, complètement nu. Un acte volontaire.

— C'est injuste…

Je n'ai pas à attendre longtemps avant que Rose me rejoigne sous la douche. Et elle avait raison, nous sommes incapables de nous tenir et nous allons tous les deux être en retard.

***

Je suis ravi de retrouver Lucas, il est une sorte de constante dans ma vie à moi aussi, maintenant, et je me sens plus équilibré à son contact. C'est ironique comme situation car je sais qu'il est loin d'être parfaitement stable lui-même et a probablement autant de vieux démons que moi, si ce n'est plus, mais il dégage une certaine sérénité qui me détend. Rose me permet déjà, sans le savoir, de combattre mes vieux démons, et son cousin m'aide aussi involontairement. Il peut faire preuve d'une rage puissante et effrayante mais globalement il a une attitude calme qui apaise.

— Tu as su régler tes soucis ? demandé-je entre deux clients.

— Oui et non. J'ai pu revenir, c'est positif. Mais je suis loin d'avoir réglé le problème.

— Tu pensais ne pas revenir ?

— C'est compliqué. Disons qu'il y a quelqu'un à qui je tiens qui se trouve avec des gens que je déteste et qui me détestent aussi. J'essaie de faire abstraction pour le bien-être de cette personne, mais eux essaient de me faire sortir de sa vie… en m'envoyant en prison.

— C'est quoi ce délire ? dis-je, choqué.

— C'est de la folie. Les gens sont malades.

Il met un terme à la conversation sur ces mots et me montre qu'elle est terminée en se dirigeant vers les planches de surf pour réarranger leur disposition. Je veux en savoir plus mais je crois qu'il m'a dit tout ce qu'il pouvait aujourd'hui et que je n'en tirerai rien de plus.

La matinée défile rapidement et je vois arriver Samantha vers l'heure du déjeuner. Après une discussion sérieuse quelques jours plus tôt, elle n'essaie plus de m'embrasser ou de me toucher indécemment et nous avons pu retrouver un semblant d'amitié. Je me sens un peu mal à son sujet car la plupart du temps où nous sommes ensemble, je pense à Rose et à tout ce que je devrais lui dire. Je ne prête pas une oreille très attentive à ce que raconte Sam et je sais que ce n'est pas vraiment poli de ma part. Mais elle n'a pas l'air de s'en soucier et je lui en suis reconnaissant. Elle s'installe à côté de moi et me raconte ses aventures. Lucas est parti manger et j'attends mon tour patiemment. Il y a peu de clients à cette heure-ci alors, quand j'en entends un entrer, je relève immédiatement la tête. Rose passe le pas de la porte, les bras chargés, et je devine qu'elle apporte notre déjeuner. Je ressens une joie irrationnellement intense à l'idée de partager ce moment avec elle. Mais son visage fermé me rappelle qu'une certaine brune se trouve à côté de moi et qu'elle a une main posée sur mon avant-bras. Ma petite amie l'ignore et se dirige vers le comptoir où elle dépose ce qu'elle a apporté. Elle fait ensuite le tour et me saisit par la nuque pour m'embrasser avec une fougue que je ne lui connais qu'à l'abri des regards, dans notre foyer. Je ne me fais cependant pas prier et accepte volontiers la passion et la jalousie dont elle me gratifie. Je pense que Samantha est aussi surprise que Rose le voulait et elle part sans un mot.

À bout de souffle, nous nous détachons et je remarque que ma sirène est toujours fâchée et ne compte pas laisser passer sa présence.

— Qu'est-ce qu'elle fout là ?

— Elle était venue prendre des nouvelles.

— Combien de fois tu l'as vue depuis que tu es revenu ?

— C'est un interrogatoire ? me vexé-je.

— On peut dire ça. Réponds-moi, Ethan.

— Je ne crois pas te devoir de réponse mais je vais te le dire quand même. Je la vois presque tous les jours, elle passe en coup de vent dire bonjour et elle repart.

J'ai essayé de la froisser en disant que la brunette vient tous les jours, ce qui n'est pas tout à fait vrai. Je m'en veux un peu mais je n'aime pas qu'on manque de confiance en moi, pas si c'est elle en tout cas. Rose se détache de moi et je la sens choquée par ce que je lui annonce. Je n'ai pas le contrôle des actes de Samantha et je ne comprends pas pourquoi elle prend la situation aussi mal. La majeure partie du temps, je ne remarque même pas que mon amie est là, trop perdu dans mes pensées.

Ma petite amie reprend ses affaires et se dirige vers la porte.

— Rose ! Où tu vas ?

Je la rattrape mais elle fait volte-face avant que je ne la touche.

— Je vais manger avec quelqu'un qui ne me prend pas pour une conne !

— Mais de quoi tu parles ? Tu sais très bien que Samantha n'est qu'une amie.

— Une amie qui veut te mettre dans son lit. On a déjà eu cette discussion et tu sais ce que je pense d'elle !

— Calme-toi, tu deviens folle.

— C'est toi qui me rends folle ! Je n'aime pas ce que tu fais de moi, la jalousie qui me pousse à être si différente de celle que je veux être. Je m'éloigne de ce que mon père était et je suis sûre que maintenant je ressemble à mon indigne mère !

Elle fond en larmes à l'évocation de son père et j'oublie immédiatement nos différends. La voir pleurer m'est insupportable mais voir cette peine si réelle lorsqu'elle souffre de l'absence de son père, cela me déchire au plus profond de moi. Je retire la nourriture de ses mains et la prends dans mes bras sans attendre, la serrant contre mon cœur et lui présentant des excuses.

— C'est moi qui suis désolée. Mais je t'aime tellement… pleure-t-elle, la voix pleine de souffrance. Est-ce que tu m'aimes toujours, même si je ne suis pas gentille ?

Je souris contre sa tête à l'emploi d'un mot si simple après un tel excès de rage et prends son menton entre mes doigts pour lever son visage vers le mien.

— Je t'aime plus que tout, n'en doute jamais.

Je caresse son nez du mien et viens lui voler un tendre baiser. Nous sommes impulsifs et notre relation n'est pas toujours de tout repos, mais je suis fou d'elle et rien ne changera ça. Si ma petite fleur est blessée par mon amitié avec Samantha, alors j'y mettrai un terme. Je sais qu'elle attend juste le bon moment pour me mettre dans son lit, je ne m'en suis jamais soucié car j'ai une entière confiance en moi et qu'elle ne m'attire pas plus que ça. Quand bien même cela serait le cas, je suis une personne fidèle et jamais je ne tromperais quelqu'un. Alors si Sam n'attend de moi qu'un instant de faiblesse pour me faire tomber dans son piège, je n'hésiterais pas à mettre un terme à notre relation. Je perdrais une tentatrice plus qu'une amie et j'y gagnerais le bonheur de Rose, c'est tout ce qui compte réellement.

VINGT-SEPT

ROSE

Le soir, nous nous retrouvons de nouveau à l'école de surf pour fêter mon anniversaire. Lucas est de retour et ça fait un bien fou de le revoir. Je ressens un grand vide et une intense solitude quand il n'est pas là. Par ailleurs, c'est mon plus grand confident concernant ma relation avec Ethan car je sais que Stecy prendra toujours la défense de son frère. Ce n'est pas un reproche, le plus souvent mon cousin se range aussi de mon côté et honnêtement, c'est une des raisons pour lesquelles je me confie à lui plutôt qu'à mon amie. Parfois on a juste besoin de vider son sac et de se sentir soutenu, on ne cherche pas la vérité ou une solution, on veut seulement du réconfort et tant pis si, pour ça, nos proches doivent s'abstenir de nous dire qu'on a tort. Lucas sait exactement comment s'y prendre avec moi. Il devine quand je cherche une épaule pour pleurer et quand j'ai besoin qu'on me remette les idées en place. Je suis vraiment heureuse qu'il soit de ma famille.

Ignorant mes amis commerçants, mon employée et mon petit copain, je me jette dans les bras de Lucas et il me sert fort contre lui en retour. Il n'est pas parti depuis si longtemps que ça mais cela m'a semblé être une éternité. Ça fait du bien de sentir son odeur familière et sa chaleur réconfortante.

— Tu m'as vraiment manqué.

— Toi aussi. Je suis content d'être rentré.

— Comment ça s'est passé ? dis-je plus bas.

— Ça aurait pu être pire…

Je le sens fatigué par toutes ces histoires mais, comme d'habitude, il prend sur lui et me sourit avec toute la tendresse dont il sait faire preuve. J'aimerais discuter un peu plus longuement avec lui mais nous sommes là pour fêter mon anniversaire et, de toute façon, Lucas ne parlera jamais en présence de tant de monde. Même seul avec moi, il a du mal.

Je salue mes amis commerçants et viens embrasser mon petit ami. Nous nous sommes vus quelques heures plus tôt et la discussion a été houleuse à cause de Samantha. Ou plutôt, à cause de ma jalousie maladive. C'est une preuve de mon attachement à Ethan mais je n'aime pas du tout cette part de moi. C'est un défaut qui me rappelle que je suis de feu alors que mon père était d'eau. J'ai toujours voulu lui ressembler et j'ai calqué mon comportement sur le sien. J'étais en permanence derrière son dos, à l'imiter, et ça le faisait beaucoup rire quand j'étais petite. À force d'acharnement, j'ai réussi à me rapprocher de l'image qu'il renvoyait et j'étais heureuse d'entendre les gens dire que nous nous ressemblions, surtout quand il est mort. J'avais le sentiment de toujours sentir sa présence en moi et d'être sa digne fille. Mais c'est faux. Mon père était un homme bon, généreux, tendre, la gentillesse personnifiée. Et moi, je ne suis pas tout ça. J'ai tellement de défauts… Mais le réel problème, c'est qu'Ethan les fait ressortir parce qu'avec lui je suis naturelle, je me laisse aller. En sa présence, je ne cache pas celle que je suis vraiment et que j'ai tenté d'enfouir pendant des années. Je n'arrive pas à savoir si c'est bien ou non, alors pour le moment, notre relation est un peu branlante. J'ai été profondément touchée par ses mots, mais son comportement étrange depuis son retour me pousse à m'interroger. Peut-être qu'il a vu qui je suis vraiment et qu'au fond il ne m'aime pas autant qu'il le croyait. Peut-être qu'il regrette d'être revenu et qu'il cherche une solution pour s'échapper.

Je tente de profiter de la fête qui a été organisée en mon honneur et mets de côté mes problèmes pour ne pas inquiéter mes proches. J'aurai bien le temps de discuter avec Ethan plus tard, peut-être même après la soirée. Celle-ci se passe d'ailleurs très bien. Tout le monde a l'air de s'amuser et quand on m'invite à souffler mes bougies et à ouvrir mes cadeaux, je réalise qu'il est tard et que je n'ai pas vu le temps passer. Je joins les mains devant moi quand Stecy approche avec le gâteau et que la pièce chante pour cette nouvelle année de vie. Je n'ai pas osé le dire à Ethan, mais en réalité, j'adore fêter mon anniversaire et je suis très heureuse qu'il ait eu l'idée d'organiser une petite fête. Quand la chanson s'arrête, je fais le vœu que l'été s'achève positivement pour chacun d'entre nous. Je sais que c'est un souhait trop vague pour être réalisable mais je tente quand même ma chance.

Lorsque j'ouvre les cadeaux, après avoir été applaudie avec force par les convives, je découvre une multitude de choses allant des plus amusantes aux plus mignonnes, en passant par les plus gênantes. Je découvre des peluches, des cosmétiques, du matériel de couture, quelques livres et quelques… objets parfaitement identifiables dont je ne me servirai sûrement pas si j'en crois le regard d'Ethan. Je cache ma gêne devant ces cadeaux-là mais ne me retiens pas de rire devant d'autres. J'ai été gâtée et j'en suis vraiment touchée. Je me sens sincèrement aimée.

Quand tout le monde, à l'exception de notre quatuor habituel, a quitté les lieux, nous discutons quelques minutes avant que Lucas et Stecy nous laissent à leur tour, prétextant une envie de prendre l'air. Je les ai trouvés un peu éloignés tout au long de la soirée et j'espère qu'une balade le long de l'océan sera bénéfique à leur relation. Mais je n'ai pas le temps de trop m'interroger car Ethan s'approche et me tend un petit paquet.

— Encore un cadeau ? dis-je avec le sourire.

— Je ne t'avais pas encore offert le mien.

— Qu'est-ce que c'est ?

— Ouvre, tu verras.

Je suis comme une enfant devant des cadeaux, j'aime vraiment en recevoir, autant que j'aime en faire. C'est donc avec excitation que j'ouvre le paquet et que je découvre une boîte turquoise qui laisse peu de place à l'imagination. Je reconnais immédiatement la couleur de Tiffany & Co et me précipite pour l'ouvrir. J'y découvre un superbe bracelet en argent d'une finesse exquise. Il se compose d'une petite chaîne et de trois symboles de l'infini.

— Il est magnifique…

Ma voix sort avec difficulté. Je n'ai pas besoin qu'il m'en donne la signification, je me souviens très bien de ses explications à propos de ses tatouages et de son rapport avec le temps. Je sais aussi ce que veut dire ce bracelet. Il me promet l'éternité, un amour sans frontières. L'infini, c'est là toute l'ampleur de ses émotions. J'aimerais retenir mes larmes mais je n'y arrive pas, elles s'échappent de mes yeux sans que je ne parvienne à les arrêter. Ethan les essuie du bout des doigts avant de m'attacher le bracelet au poignet gauche.

— Alors tu m'aimes vraiment, dis-je faiblement.

— Je te l'ai dit hier, Rose, qu'est-ce qui te fait croire le contraire ?

— Tu es… bizarre, en ce moment.

Mon petit ami marque un temps d'arrêt et plonge ses sublimes yeux océan dans les miens. Il soupire et frotte ma main du pouce.

— Je te promets que mon comportement n'a rien à voir avec mon amour pour toi. Je t'aime sincèrement et, quoi qu'il advienne, je veux que tu saches que mes sentiments sont bien réels.

— Alors qu'est-ce que tu me caches ?

Je saute sur l'occasion pour en savoir plus. Je m'en veux parce que je gâche un superbe moment avec mes questions incessantes, mais je ne supporte pas de baigner dans l'ignorance. S'il m'aime, pourquoi me cache-t-il des choses ?

— Je suis désolé… dit-il pour toute réponse.

Je comprends alors que, ce soir encore, il restera muet. Il embrasse ma main, puis ma joue et enfin, il dépose un baiser délicat sur mes lèvres en s'excusant de nouveau. Il me laisse là et part. Je crois que je l'ai encore fâché. Et juste comme ça, mon cœur se brise.

Je reste de longues minutes assise par terre, les yeux dans le vague et l'esprit vide. Ethan s'éloigne et je ne sais plus quoi faire pour le rattraper. Il dit qu'il m'aime, il me le prouve, mais de suite après, son comportement crie le contraire. Je ne sais pas si le problème vient de moi et je finis même par me demander si je ne suis pas un peu égocentrique à penser que tout tourne autour de ma personne. Mais il est tellement distant que je ne peux pas imaginer que ses soucis ne soient pas liés à notre couple.

Quand je reprends mes esprits, je me lève et mets de l'ordre dans la cabane qui sert d'école de surf à mon cousin. Je range mes cadeaux à l'arrière, à l'exception du bracelet que je ne compte pas quitter, et me promets de tout récupérer le lendemain. Une fois tout rangé, je sors et tombe sur Stecy qui se promène, seule.

— Tu n'es pas avec Lucas ?

— Non. Où est Ethan ?

Nous comprenons aisément que les deux hommes sont des sujets à éviter et décidons de nous promener sur cette plage que nous chérissons tellement. Le silence règne entre nous mais pas comme un poids, plus comme un ami marchant à nos côtés. Néanmoins, je le brise après quelques minutes.

— Je ne suis pas gentille.

Mon amie me regarde comme si j'avais perdu la tête.

— Pourquoi tu dis ça ? Bien sûr que tu es gentille.

— Ce que je veux dire, c'est que je ne suis pas comme mon père. Lui était profondément gentil et bienveillant, moi je fais juste semblant parce que je veux lui ressembler.

— Que tu sois gentille de nature ou par efforts, qu'est-ce que ça change ?

— Tout. Ça fait de moi une fille fausse. Et quand je suis avec Ethan la vraie revient et elle est pleine de défauts.

Stecy se met à rire doucement et s'arrête pour se planter en face de moi.

— Rose, ne le prends pas mal mais ton père n'était probablement pas parfait. C'était un être humain, il avait lui aussi des défauts, je pense. Et pourtant tu l'aimais beaucoup. C'est pareil pour toi. Tu es gentille, même si tu penses que non. Et tu as des défauts, comme tout le monde. Mais ça ne nous empêche pas de t'aimer. On ne peut pas toujours être au top, sois indulgente avec toi-même. Et si tu penses qu'Ethan t'aimera moins parce que tu te montres naturelle, tu te trompes, finit-elle en me souriant.

Je soupire, obligée d'admettre que mon amie marque un point et que son discours tient la route. Mais si ce qu'elle dit est vrai, si je ne suis pas le problème d'Ethan, qu'est-ce qui le ronge de la sorte ?

VINGT-HUIT

ETHAN

J'ai passé la nuit à errer et quand je rentre prendre une douche, je remarque que Rose n'est pas là non plus. Je suis immédiatement inquiet à son sujet. C'est ironique, considérant que je lui ai probablement fait subir la même inquiétude en découchant, mais je ne peux pas m'empêcher de me faire du souci pour elle. Mon objectif n'est certainement pas de la blesser, bien au contraire, je fais tout pour l'épargner mais mon attitude semble lui causer encore plus de peine. Pourtant, je ne peux m'empêcher de penser que cette tristesse est plus supportable que la dévastatrice agonie que lui infligerait la vérité. Notre vérité.

Je me douche et me change rapidement avant de prendre le chemin habituel pour rejoindre le centre. Sans trop m'en approcher, j'observe la boutique de Rose et constate qu'elle est ouverte. Je la vois sortir et saluer les commerçants d'à côté. Je suis immédiatement soulagé en la voyant et je devine qu'elle parle de la fête de la veille avec ses amis et voisins. Je m'en veux d'avoir ruiné sa soirée en m'enfuyant mais elle m'a pris de court et je n'ai pas su quoi répondre. L'aveu était au bord de mes lèvres mais je n'ai pas eu la force de le laisser s'échapper et j'ai choisi de le ravaler. J'ai ensuite passé la nuit à regarder l'océan et à me torturer l'esprit en compagnie de mon plus fidèle ami, avant d'être rattrapé par mon très cher ennemi, le temps. Finalement, je me suis endormi sur le sable et un des hommes qui nettoient la plage m'a réveillé en me disant que j'étais inconscient de dormir là et qu'il aurait pu gravement me blesser avec sa machine. Je suis donc rentré et me voilà à quelques mètres de ma bien-aimée, incapable d'aller vers elle.

Je la vois sourire en sirotant son thé et même si elle semble fatiguée, je suis content de savoir qu'elle va bien. Je m'en serais voulu s'il lui était arrivé quelque chose dans la nuit.

J'arrive à l'école de surf, épuisé, mais Lucas ne me laisse pas une minute de répit et me donne une multitude de tâches. Après quelques heures sans m'arrêter, je me laisse tomber dans le fauteuil et le supplie de se calmer un peu. C'est une torture.

— Tu souffres ? Tant mieux, c'est pour Rose.

— Quoi ?

— Je l'ai vue ce matin avant de venir ouvrir et elle a l'air aussi mal en point que toi. Je suis peut-être dans le faux mais mon petit doigt me dit que tout est de ta faute.

Il m'a exploité presque toute la matinée pour me punir de la peine de sa cousine. Ce type est un psychopathe.

— Alors, qu'est-ce que t'as encore fait ?

— Qui te dit que c'est de ma faute ? dis-je en me redressant.

Lucas lève les sourcils et me regarde comme si j'étais un parfait idiot. C'est un peu comme ça que je me sens, à dire vrai. Je soupire et me laisse retomber dans le fauteuil.

— Ok, c'est de ma faute.

— Je sais, enchaîne.

— Je ne peux pas entrer dans les détails. Si je n'ai rien dit à Rose, je ne vois pas pourquoi je te le dirais à toi.

— Parce que je peux te refaire le portrait alors que ma cousine n'a pas le gabarit adéquat ?

Espèce d'enfoiré. Il ne m'impressionne pas mais je continue quand même mon semblant d'explication.

— J'ai appris des choses avant de revenir et si Rose les apprend à son tour, j'ai peur qu'elle m'en veuille et que notre histoire s'arrête là. J'ai essayé de lui dire, plusieurs fois, je te le jure. Mais chaque fois que je pense à la peine que cela lui procurera et que j'imagine son amour pour moi s'effacer, je n'ai plus le courage de parler.

— Tu l'as trompée ?

— Quoi ? Non, je…

— Tu as tué quelqu'un ?

— Hein ?

— Est-ce que tu te drogues ? Tu bois ? continue-t-il.

— Mais non, putain !

— Bien, dit-il calmement. Alors rien de ce que tu pourras lui annoncer ne devrait être un problème.

Lucas se retourne comme si la discussion était terminée et reprend le travail. Je ne sais pas si je l'ai déjà dit, mais cet homme est un peu fou. Il est difficile à cerner et un peu étrange, parfois. Souvent, même. Et maintenant qu'il a dit ce qu'il avait à dire, il retourne à ses occupations. Mais moi, je n'ai pas terminé.

— Au lieu de te soucier de ma vie privée, pourquoi tu ne t'occupes pas de la tienne ?

— Je me fiche de ta vie amoureuse, seul le bonheur de Rose m'importe.

— Peut-être que tu devrais me laisser m'occuper d'elle et qu'à la place tu ferais mieux de veiller à ne pas blesser ma sœur.

Il se retourne et je sens que j'ai fait mouche. Il m'a énervé et je me décharge de cet agacement en le piquant sur un sujet qui semble sensible, Stecy.

— Comme c'est moi qui ai commencé, je vais faire comme si tu n'étais pas mon employé et que tu n'étais pas en train de me manquer de respect, répond-il, lui aussi agacé.

— Et je vais faire comme si tu n'étais pas un patron qui se mêle de la vie privée de ses employés. Donc je reprends, c'est quoi ton problème ? Tu fais silence radio pendant deux mois et tu gardes tes distances une fois de retour. T'en as pas marre d'envoyer des signaux contradictoires à Stecy ?

— Il n'y a rien de contradictoire dans mon comportement. Depuis le début je suis clair avec elle. Il ne se passera rien entre nous.

— Vraiment ? Désolé, j'ai mal dû interpréter tes regards, tes gestes et tes sourires. Sans parler de vos balades nocturnes et de vos échanges par SMS.

— Tu nous espionnes ou quoi ? T'es un grand malade.

— C'est moi, le malade ? Mec, tu t'enflammes plus vite que du papier, tu es renfermé et tu en viens même à disparaître de la circulation. Mais quand tu es là, tu n'es que douceur avec Stecy. Comment tu veux qu'elle comprenne quelque chose ?

— Je me comporte avec elle comme avec toutes les femmes.

— Tu ne crois pas sérieusement ce que tu dis, si ?

J'ai l'impression qu'il réalise petit à petit qu'il est effectivement différent avec ma sœur. Tout comme elle n'est plus la même avec lui. Elle qui fuit habituellement les hommes, je lui retrouve une fraîcheur et un naturel que je ne lui avais plus vus depuis longtemps. J'aime la voir comme ça, mais j'ai peur que cet homme torturé et indécis ne soit pas en mesure de la rendre heureuse et qu'il la détruise un peu plus encore.

Le cousin de Rose s'assoit derrière son comptoir et cache sa mâchoire entre ses doigts dans une pose de réflexion intense. Ses yeux regardent dans le vide et je le laisse réfléchir sans pour autant le quitter des yeux. Si au début j'ai voulu lui rendre la monnaie de sa pièce en l'interrogeant sur sa vie privée comme il l'a fait avec moi, maintenant, je suis sincèrement curieux d'en savoir plus.

— Tu dois être honnête avec Rose.

Il revient à la charge et je soupire.

— Tu changes de sujet.

— C'est toi qui as commencé.

— T'as cinq ans ou quoi ?

— J'aimerais bien. La vie était bien plus simple quand on était gosses. Tu ne trouves pas ?

Et juste comme ça, nous tombons dans un silence serein où nos souvenirs refont surface et où ceux-ci nous poussent à remettre notre présent en question. Est-ce que mon passé doit venir détruire ma relation actuelle avec Rose ? Pire encore, est-ce que je dois payer pour les erreurs d'un autre ? Je pense que non mais ma peur de la perdre continue à me pousser vers la solution de facilité qu'est le mensonge. Ou plutôt, l'omission de vérité.

Les heures ont défilé à une telle vitesse que je n'ai même pas ressenti la faim à midi. Mais lorsque ma montre indique qu'il est quinze heures, mon ventre se fait entendre. Je propose à Lucas de lui ramener à manger et il passe commande d'une pizza. Il m'invite à aller à l'angle de la rue ; c'est un ami qui acceptera sans mal de relancer les fours pour nous. J'avais complètement oublié que passé une certaine heure les restaurants ne servent plus.

Je m'apprête à partir quand Lucas prononce quelques mots sur un sujet que je pensais clos.

— J'aime beaucoup ta sœur, Ethan. Plus que beaucoup.

Je n'ai rien à ajouter, je sais déjà tout ça. Mais le fait qu'il prononce ces paroles signifie qu'il a accepté cette réalité. Tout n'est donc pas perdu pour Stecy.

VINGT-NEUF

ROSE

Je n'ai pas revu Ethan depuis ma soirée d'anniversaire et je ressens déjà le manque. Je me répète que je dois lui laisser de l'espace afin qu'il ne se lasse pas de moi mais c'est très difficile. Stecy a beau penser qu'il m'aime avec mes défauts, mon manque de confiance en ma personne me pousse à essayer de les cacher. Je tente donc de ne pas l'étouffer et de ne pas toujours être sur son dos. Je trouve la résolution très difficile à tenir et je m'ennuie beaucoup de lui, même si j'ai de nombreuses choses à faire.

Plongée dans mon ouvrage qui promet d'être un sublime paréo, j'entends à peine la porte s'ouvrir. Je ressens néanmoins le mouvement et lève la tête vers ce que j'imagine être un nouveau client. Il n'en est rien car il s'agit de Samantha. Je soupire, fatiguée de la trouver sur mon chemin, et je me remets à travailler comme si elle n'était pas là.

— C'est comme ça que tu accueilles tes clients ? commence-t-elle en riant.

— Tu n'es pas une cliente, tu es un parasite.

Ma remarque la fait rire, pourtant elle était très sincère. Cette fille est pire qu'un virus dont on n'arrive pas à guérir. J'ai l'impression qu'elle est là chaque fois que j'ai un souci avec Ethan et qu'elle s'amuse à mettre de l'huile sur le feu. Cette fois, je ne la laisserai pas me déstabiliser ou se moquer de moi.

— Tu peux m'ignorer, je suis quand même là.

— Tu es TOUJOURS là, partout, où que j'aille. Je suis désolée mais je n'ai pas ce genre de penchant.

— Pas plus que moi, répond-elle, toujours rieuse. Je les préfère grand, bronzé, tatoué, aux yeux bien bleus et avec ce qu'il faut où il faut.

Si ce n'est pas une description de mon petit ami alors je ne m'appelle plus Rose.

— Ne t'inquiète pas, Samantha, tu trouveras ton beau tatoué aux yeux bleus, un jour.

— Je l'ai déjà trouvé, sourit-elle.

— Dommage qu'il ne s'intéresse pas à toi.

— C'est ce que tu aimes croire pour te rassurer mais, toi et moi, on sait que c'est faux.

Je soupire une nouvelle fois, plus fatiguée par sa tirade qu'agacée. Je commence à réaliser qu'elle s'accroche à Ethan comme une sangsue et qu'il ne me ment pas quand il dit qu'il n'est pas attiré par elle.

— Tu te souviens quand tu m'as parlé de ma bêtise d'avoir laissé un homme prendre mon cœur mais pas mon corps ? Toi et moi, on sait que ce soir-là tu n'as pas eu la magnifique partie de jambes en l'air dont tu t'es vantée, pas avec Ethan en tout cas.

— Bien sûr que…

— Je n'ai pas fini, la coupé-je. Tu peux continuer à te leurrer si ça te fait plaisir mais sache que tu es pathétique. Ethan est amoureux de moi et tu ne représentes pour lui qu'une bonne copine dont il s'éloignera s'il réalise tous les subterfuges auxquels tu as recours pour le mettre dans ton lit. Tout ça pour quoi ? Quelques minutes de paradis ? Bien sûr, je ne vais pas mentir, maintenant que j'y ai goûté je ne m'en séparerais pour rien au monde. Mais toi, il faudra que tu te fasses une raison parce qu'il ne voudra jamais de toi, même si je ne suis plus dans le tableau. Tu perds cette dignité que tu as si bien su me balancer au visage, tout ça pour essayer de me blesser et donc de blesser Ethan. À ta place, je me reprendrais avant d'être trop bas pour me relever.

Samantha est bouche bée devant ma tirade et je ne nierai pas l'être moi-même un peu. Pourtant j'aurais dû m'y attendre car Ethan fait ressortir celle que je suis vraiment et il était donc inévitable que mon mordant revienne avec mes défauts.

Je vois à la petite veine dans son cou qu'elle a des envies de meurtre. Mais avant qu'elle ne puisse faire quoi que ce soit, un de mes commerçants voisins entre dans la boutique.

— Rose, j'ai trouvé ça devant ta vitrine. Ça vient de ton mystérieux livreur !

Mon agaçante ennemie s'en va sans ajouter un mot et j'espère qu'elle ne remettra plus les pieds ici, ni même dans ma vie. Une fois qu'elle n'est plus dans mon champ de vision, je me dirige vers mon sauveur et m'empare du présent en le remerciant. Je vois mon vieil ami attendre et je le regarde avec de grands yeux.

— Ça ira, Pat', je vais m'en sortir.

— Oh, oui… bien sûr.

Patrick est un amour mais plus il vieillit, plus il est curieux. Je devine qu'il attendait patiemment que je lise le mot accroché au souci entre mes doigts. Une très jolie fleur au nom moins charmant. Je déplie le papier et n'attends pas pour le lire. « *Je partage ta peine mais c'est honteusement que j'avoue en être une cause partielle. J'espère que tu seras en mesure de me pardonner.* » Je frôle l'écriture élégante du bout des doigts et je soupire pour la troisième fois en moins d'une heure. Je me demande qui se cache derrière ces livraisons. Les messages ne sont pas de simples mots empruntés à d'autres, ils ont été écrits spécialement pour moi et sont toujours en accord avec ma situation. Ethan m'a promis que ce n'était pas lui et son écriture me l'a confirmé, mais alors, qui m'envoie ces fleurs ?

***

Après avoir passé une matinée un brin agitée par Samantha et une énième fleur, je suis ravie de constater que j'ai bien avancé sur ma nouvelle pièce pendant l'après-midi. Le soleil est encore haut dans le ciel et j'espère bien pouvoir la finir avant la fermeture. J'ai envie de garder ce ravissant paréo pour moi plutôt que de le mettre en vente mais, si je fais ça à chaque fois, je n'aurai plus aucun stock. Je souris à cette pensée sans jamais arrêter de broder les motifs fleuris qui m'ont été inspirés par mes livraisons anonymes.

Depuis la venue de Samantha, je suis sur le qui-vive, prête à bondir. Alors, quand la porte s'ouvre, cette fois je relève immédiatement la tête. La vision qui s'offre à moi me fait lâcher mon travail et je suis sûre que je suis encore plus blanche que d'habitude. La peur s'empare de moi en voyant le visage pourtant si familier qu'est celui de Mikael.

— Qu'est-ce que tu fais là ? demandé-je d'une voix faible.

Mon ex petit ami a interdiction formelle de m'approcher depuis les événements de l'an passé. Il n'est pas très bien dans sa tête et il m'effraie beaucoup, en particulier depuis ses menaces.

— Voyons, Rose, c'est comme ça qu'on accueille son amant parti depuis si longtemps ?

Sa voix est effrayante et je devine ses mauvaises intentions. Je ne comprends pas comment il peut être ici, il devrait être en prison ou dans un hôpital psychiatrique.

— Tu dois t'en aller, Mikael, arrivé-je à dire.

— Allons, tu sais que je ne peux pas. Tu m'as tellement manqué, bébé. Viens donc m'embrasser.

— Si tu ne pars pas, j'appelle la police.

Son sourire diabolique s'efface et un masque froid s'installe. Son regard est vide, il ne m'a jamais fait autant peur qu'aujourd'hui et quand il s'approche du comptoir, je recule instinctivement. Il fait un pas, puis un autre, avec beaucoup de lenteur, comme pour me torturer. Je commence à trembler, le dos plaqué contre le mur derrière moi et une simple aiguille pour me défendre d'un monstre. Mon cœur bat à cent à l'heure lorsqu'il n'est plus qu'à deux mètres de moi et le sang me monte à la tête, brouillant ma vue.

— Bébé, je suis venu te prévenir que quelqu'un te veut du mal. Et ce n'est pas moi ! hurle-t-il en devinant mes pensées.

Je ferme les yeux et tremble un peu plus.

— Ton cher Ethan et ta copine Stecy, ils te mentent depuis le début et toi, petite idiote, tu te laisses berner. Tu as toujours été un peu bête, ça ne m'étonne pas. Mais comme je suis un homme bon, je viens te prévenir et je vais te pardonner. Viens dans mes bras.

Il écarte les bras et je suis paralysée contre le mur froid de ma boutique. Je ne sais pas où il veut en venir avec ses accusations mais pour le moment je m'en fiche, je veux juste être loin, très loin d'ici. Je sens qu'il s'impatiente et je ne sais pas quoi faire.

— S'il te plaît, Mikael… commencé-je à pleurer.

— Viens ici !

Il s'époumone et mes yeux se ferment automatiquement pour ne pas voir sa rage. Est-ce qu'il pourrait aller jusqu'à sérieusement me blesser ? Il l'a déjà fait mais je ne peux pas imaginer qu'il soit capable de pire. Pourtant, l'homme que j'ai vu entrer dans ma boutique n'était plus le même, c'était une version si sombre de celui qui m'a aidée à me relever il y a quelques années.

Je suis sortie de la bulle que j'avais formée par une main qui s'empare de moi. Je donnerais n'importe quoi pour que cela soit celle d'Ethan. Vraiment n'importe quoi.

TRENTE

ETHAN

C'est le calme plat à l'école quand mon téléphone se met à sonner. Le nom de ma sœur s'affiche et je décroche sans quitter mon magazine des yeux. Mais, quand j'entends la voix paniquée de Stecy, je me tends immédiatement.

— Calme-toi, je ne comprends rien. Qui est revenu ?

Elle prononce le nom de Mikael et à l'expression de Lucas, je devine que toutes les couleurs ont quitté mon visage.

— J'arrive de suite.

Je raccroche et range mon téléphone dans ma poche.

— Qu'est-ce qu'il se passe ?

— C'est Rose. Mikael est passé la voir. Je n'ai pas bien compris ce que ma sœur a dit, il faut que j'y aille.

— Comment elle va ?

— Je n'en sais rien, Stecy était presque incompréhensible, c'est pour ça qu'il faut que j'y aille. Maintenant !

— C'est ma cousine, tu ne crois quand même pas que je vais rester ici les bras croisés pendant que tu vas voir ce qui se passe ?

— Lucas, si tu crois me retenir ici alors que la femme que j'aime a besoin de moi, tu te trompes lourdement. Patron ou pas, je vais voir Rose et si tu veux venir, tu n'as qu'à fermer ton école !

Je n'attends pas sa réponse et passe à côté du comptoir pour gagner la sortie mais il se met en travers de ma route et je vois rouge. Il ne s'agit plus de plaisanterie, ma petite amie est dans un état misérable et ma place est à ses côtés. Je repousse Lucas et le plaque contre le mur, faisant trembler un présentoir à côté.

— Ne t'avise plus jamais de te mettre sur ma route quand Rose est ma destination.

Il sourit et j'ai envie de lui refaire le portrait. Je l'aurais fait si je ne lisais pas dans ses traits une inquiétude similaire à la mienne.

— Donne-moi les clés, connard. Je viens aussi mais il faut que je ferme l'école.

Je suis trop chamboulé pour réaliser que l'homme en face de moi vient juste de m'insulter avec le sourire.

— C'est bon de la savoir aimée, murmure-t-il.

Je comprends qu'il ne m'en veut pas et qu'au contraire mon comportement lui plaît. Rose n'a pas reçu beaucoup d'amour tout au long de sa vie, et Lucas a été un des rares à lui donner ce qu'elle mérite. Ainsi, je ne peux que comprendre sa reconnaissance. Mais il sait que nous n'avons pas de temps à perdre en sensibleries, alors il se presse de fermer derrière nous pour que nous puissions rejoindre celle qui compte tant pour nous deux.

Je cours aussi vite que je le peux et je n'hésite pas à bousculer certaines personnes en arrivant devant le commerce de Rose. Quand nous entrons, avec Lucas, ma petite amie vient à notre rencontre et se jette dans mes bras. Je la serre de toutes mes forces, soulagé de la voir sans égratignures. C'est idiot, je m'étais fait tant de scénarios, en seulement quelques minutes de course effrénée pour la rejoindre, que je pleurerais presque de soulagement en la serrant contre moi et en la découvrant entière.

Lorsque la pression redescend, je suis bêtement heureux de constater qu'elle s'est réfugiée contre moi et pas contre son cousin. Cela me fait réaliser que je suis devenu son pilier comme elle est le mien. Lucas s'est dirigé vers ma sœur, pas du tout vexé. Mais je ne m'en préoccupe pas car Rose est dans mes bras et c'est tout ce qui compte. Je dépose un baiser sur sa tête et lui caresse le dos avec douceur, espérant ainsi lui donner du réconfort. Je m'en veux de ne pas avoir été là même si j'ai conscience que ma culpabilité n'a pas de raison d'être. J'aimerais pouvoir la protéger de tout mais je ne peux pas l'enfermer dans une cage pour la surveiller. Je ne peux que l'aimer et je crois qu'au fond, c'est tout ce qu'elle désire.

— C'est fini, il ne te fera plus de mal, lui dis-je à voix basse.

— J'ai eu tellement peur…

Je ne peux pas lui dire que je comprends, non, je ne peux qu'imaginer combien cette rencontre a dû être difficile pour elle. Alors, faute de mots, je la serre plus fort et la berce doucement jusqu'à ce qu'elle soit calmée. Lorsque c'est fait, elle lève ses yeux humides vers moi et je vois la supplique dans son regard. J'y réponds en l'embrassant. Je fais preuve d'une grande douceur et d'une immense tendresse, et elle se détend peu à peu contre moi. Elle réclame une nouvelle étreinte que je ne rechigne pas à lui donner car j'en apprécie moi aussi chaque seconde.

— Je me sens toujours en sécurité dans tes bras, me confie-t-elle à voix basse.

— Il ne t'arrivera jamais rien avec moi, c'est une promesse.

Et jamais déclaration n'a été plus sincère.

Après un certain temps, Stecy et Lucas semblent en avoir marre d'être mis à l'écart et s'approchent de nous. Ma sœur tousse sans aucune discrétion, comme elle le fait chaque fois, et son complice n'hésite pas à entrer dans notre bulle pour caresser la tête de Rose.

— Ça ne vous ennuie pas trop de nous déranger ? demandé-je, mi-agacé mi-amusé.

— Pas plus que ça, non, répond ma sœur.

Rose rit et rien que pour ça, je ne peux pas en vouloir aux deux intrus qui sont incapables de nous laisser tranquilles. Elle se détache de moi pour enlacer le grand blond et je le vois se détendre instantanément. Finalement, c'est Lucas qui avait besoin de sentir sa cousine contre lui et pas l'inverse. Je sais combien il l'aime et je ne peux que le comprendre.

Mon patron annonce que, vu l'heure, il ne retournera pas ouvrir l'école et que, si tout le monde est partant, il peut nous faire livrer des pizzas afin que nous dînions sur place, tous ensemble. Les deux filles et moi sommes plus que d'accord et il s'exécute en nous voyant approuver l'idée.

Nous nous installons sur le sol en utilisant des draps de bain que Stecy et Rose ont confectionnés et ma sœur menace de nous le faire payer si nous les tâchons. Puis, le sujet Mikael est remis sur le tapis. Ma petite amie nous raconte ce qu'il s'est passé et comment la police est entrée juste au moment où ce fou s'est emparé d'elle, probablement pour la blesser. Elle nous explique que le voisin curieux a immédiatement appelé les forces de l'ordre quand il a aperçu Mikael dans la rue et je me promets d'aller le voir personnellement pour le remercier. Je lui raconterai quelques potins comme il les aime ; l'ami de Lucas a toujours des ragots de camping à lui confier quand il passe à l'école de surf.

Rose nous rapporte également les propos de la police au sujet de son ex. Il se serait enfui de l'hôpital dans lequel il était soigné et il est immédiatement venu la trouver. Mais le policier en charge a cependant promis que cette fois il serait sous haute surveillance.

— J'ai reçu une autre fleur aujourd'hui. Lucas, tu me disais de me méfier, tu crois que ça pourrait être un coup de Mikael ?

Je n'y avais jamais accordé beaucoup d'importance jusqu'ici mais cette histoire de livreur mystérieux commence à m'inquiéter.

— Je n'en sais rien… Tu veux que j'essaie de me renseigner ? lui demande-t-il.

— Mais quel intérêt aurait-il à lui offrir des mots d'encouragement ? demandé-je.

— Je ne sais pas mais il est tellement dérangé que nous ne devrions pas écarter la possibilité. Je vais creuser tout ça.

Le repas continue dans le calme jusqu'à ce que Rose se souvienne de quelque chose que j'aurais préféré qu'elle oublie.

— Quand il s'est fait traîner dehors, il me hurlait que vous étiez des menteurs tous les deux et que je devais vous demander votre nom de famille.

Je me raidis en l'entendant.

— Mais je ne comprends pas ce qu'il a voulu dire, je connais votre nom, Stecy a quand même rempli quelques papiers. Bon, rien de très légal, je l'avoue, mais j'ai le minimum. Et j'ai beau réfléchir, Lambardy n'est pas un nom qui m'est familier. Mikael est vraiment fou.

Lucas me jette un regard interrogateur tandis que Rose secoue la tête sans nous voir. Si ma sœur a pu donner le nom de jeune fille de ma mère, c'est parce que Rose la fait travailler illégalement. Mais mon patron, lui, m'a déclaré et il est donc au courant que mon nom de famille est Meyer, tout comme ma sœur. Je le supplie du regard de se taire, que je lui dirais tout plus tard, et je vois que Stecy fait la même chose. Alors que je pensais qu'il allait nous forcer à nous expliquer, il se lève soudainement et ramasse son carton de pizza.

— Ethan et moi, on va retourner à l'école, histoire de nettoyer pour demain, mais je te le renvoie dans moins d'une heure, lance-t-il à sa cousine.

Il regarde ensuite Stecy, qui baisse les yeux, et se dirige vers la sortie. C'est mon signal et j'ai plutôt intérêt à le suivre. Je dépose un baiser sur les lèvres de Rose et lui promets d'être vite de retour. Enfin, je salue ma sœur dont le visage montre l'inquiétude. Il y a de quoi se faire du souci, effectivement.

Une fois devant l'école de surf, Lucas se retourne et croise les bras. J'ai vraiment l'impression d'être un enfant quand il me regarde comme ça. Mais cette fois, je n'ai pas d'autres choix que de tout lui raconter. Je partage avec lui mon secret et mes craintes, tout ce que j'ai gardé au fond de moi depuis que je sais. Mais quand il s'apprête à me répondre, une voix féminine se fait entendre et nous tournons tous les deux la tête vers la source.

— Maman ?

Il ne manquait plus que ça.

TRENTE ET UN

ROSE

Si j'ai réussi à me remettre de la visite surprise de Mikael après quelques jours, Ethan, lui, est toujours aussi étrange, si ce n'est plus. Pour couronner le tout, Stecy aussi se comporte bizarrement. J'ai l'impression que les deux m'évitent et qu'ils sont mal à l'aise en ma présence. Ma confiance en moi commence à en prendre un coup car j'ai l'impression de ne plus être de très bonne compagnie. J'ai fini par me vexer et j'avoue honteusement bouder comme une enfant, depuis. Mais c'est assez fatiguant d'insister auprès de personnes qui n'ont clairement pas envie de vous parler. Qu'ils fassent ce qu'ils veulent, je suis lasse de leurs mystères.

Quand Stecy entre dans la boutique pour prendre la relève, je ne lui adresse qu'un bref « Bonjour » avant de m'emparer de mes affaires pour partir. Moi aussi, j'ai mes jours sans.

— Ça va pas, Rose ? ose-t-elle me demander.

Je m'arrête et me retourne, le visage froid.

— C'est plutôt moi qui devrais te poser cette question. Oh, mais attends… je l'ai déjà fait et je suis restée sans réponse, dis-je, de l'acide dans la voix.

— Je suis désolée…

— C'est moi qui le suis.

Et sans attendre de réponse, je pars. Je commence à en avoir marre d'être prise pour une idiote. Si ces deux-là ont décidé de m'éviter, je ferai la même chose. Ethan n'a pas dormi à la maison depuis trois jours et il n'a pas l'air de penser qu'il me doit une explication. Je ne sais pas quelle est sa définition du mot « couple », mais on ne doit pas avoir la même. Généralement, on évite de se faire des cachotteries quand on veut que la relation dure.

Mes pas me portent à l'école de surf et j'entre pour rejoindre mon cousin. J'aperçois du coin de l'œil celui qui est censé être mon petit ami mais ne se comporte plus comme tel, et je l'ignore avec force. Lucas me fait signe qu'il arrive et je m'installe sur le fauteuil en attendant qu'il termine avec ses clients.

— Bonjour, commence Ethan.

— Est-ce que tu as l'intention de me dire ce qui ne va pas ou toujours pas ? questionné-je sans autre préambule.

— Rose, c'est compliqué…

— Non, c'est très simple, Ethan. Tant que tu continueras à me cacher des choses, je ne t'adresserai plus la parole. Alors si tu as l'intention de jouer à ce petit jeu longtemps, j'aime autant que tu prennes tes affaires et que tu t'en ailles de chez moi. De toute façon, tu n'y habites plus vraiment.

Je vois à son visage que mes propos le blessent mais la situation est intenable et je ne la supporte plus. Je n'ai pas envie de le perdre et une part de moi veut retirer tout ce que je viens de dire, de lui sauter au cou et d'oublier tous les secrets. Mais je ne peux pas, je ne veux pas être de celles qui se laissent aveugler par l'amour. J'aime Ethan, du fond du cœur, comme je n'ai jamais aimé personne, mais je veux continuer à le faire sainement et dans la joie. Je refuse de me noyer dans une relation qui ne me donne pas entière satisfaction et dans laquelle j'ai des difficultés à trouver ma place. Je ferai tout mon possible pour rester entière et ne pas me perdre en Ethan.

Il tombe à genoux devant moi et mon cœur se serre face à son visage malheureux. Je n'aime pas le faire souffrir, je déteste ça, mais au fond, il se fait du mal tout seul en choisissant de garder ses secrets. Je pose une main sur sa joue, tendrement.

— Tout serait plus simple si tu avais confiance en moi et que tu acceptais de partager ton secret avec moi.

— J'aimerais, je te jure que j'aimerais, Rose. Mais j'ai tellement peur… finit-il dans un murmure.

— Peur de quoi ? Parle-moi, dis-je, d'une voix suppliante.

Je sens ses épaules se contracter et il saisit ma main avec force. Son combat intérieur est si puissant que je peux le voir de mes yeux. Mais je comprends quand il secoue la tête qu'il ne m'en dira pas plus et je retourne au point de départ.

Je tente de retirer ma main mais il la retient.

— Ne cesse pas de m'aimer, Rose, je t'en supplie.

Ses yeux sont suppliants eux aussi et mon cœur se brise.

— Je n'arrêterai pas de t'aimer, Ethan, tu es mon monde, à présent. Mais l'amour ne suffit pas à une relation, la communication est aussi très importante et tant que tu ne feras pas d'effort sur ce point, je ne serai pas heureuse avec toi. J'ai besoin de ta confiance.

Avant qu'il puisse ajouter quelque chose, je dépose un baiser sur son front et je me lève pour rejoindre Lucas qui m'attend patiemment à la porte. Je ne supporte pas de voir Ethan comme ça et je retiens avec difficultés le flot de larmes qui menace de couler.

Ma journée ne s'allège pas, au contraire. Lorsque j'essaie de parler avec mon cousin du comportement de Stecy et son frère, lui aussi élude mes questions et agit bizarrement. Au bout de quelques minutes, je claque mes couverts sur la table.

— Mais qu'est-ce que vous avez tous ?! crié-je.

— Rose… Calme-toi, me demande-t-il tout bas en voyant les regards se tourner vers nous.

Je me lève et sors de mon sac de quoi payer ma part. Je suis au bord de la rupture émotionnelle et je pense qu'il est plus que nécessaire que je m'isole un peu.

— Quand le monde se sera remis à tourner dans le bon sens et que vous ne serez plus tous étranges, faites-moi signe.

Je l'entends appeler mon nom alors que je m'en vais mais il ne prend pas la peine de me courir après et même si j'en suis heureuse, je suis aussi un peu vexée. Lucas a toujours pris grand soin de moi et je ne comprends pas pourquoi, aujourd'hui, il agit différemment. Je me dis que je devrais peut-être m'inquiéter mais je suis trop énervée pour ça. Rien ne va en ce moment.

Une fois chez moi, je décide de m'occuper de mon potager en espérant que l'activité me calmera mais voir mes plantations me fait penser à mon mystérieux livreur de fleurs. Je n'en ai pas reçu depuis la dernière fois et je me demande, du coup, si Mikael était vraiment derrière ces livraisons. Je ne sais pas comment il a pu faire certaines d'entre elles, ni même pourquoi il l'aurait fait, mais je n'ai plus rien depuis qu'il a été arrêté pour la seconde fois. La coïncidence est tout de même assez grosse. C'est bête à dire mais ça me rend un peu triste de savoir que je n'aurai plus de fleurs surprises m'attendant parfois sur le pas de ma porte. J'aimais bien ces attentions et elles me donnaient parfois du courage. Et du courage, j'en aurais bien besoin en ce moment.

***

Après avoir passé l'après-midi à jardiner puis à lire, je me sens un peu plus détendue et je décide d'aller faire un tour dans le centre pour me changer les idées. Mais le destin semble avoir d'autres projets pour moi car j'aperçois Ethan en compagnie d'une femme mûre qui m'est inconnue. Attablés en bord de route, ils dégustent quelques boules glacées qui me donnent envie. Mais ce n'est pas pour ça que je m'approche d'eux. Je vais les voir car je veux savoir qui est cette femme. Mon petit ami a trop de secrets pour moi et si je peux en découvrir quelques-uns, je ne vais pas me priver. Il est temps que je mette les pieds dedans. Si on ne veut pas me donner des réponses, j'irai les chercher moi-même.

Ethan se lève immédiatement lorsque j'arrive à la table et je vois la femme me jeter un regard curieux.

— Rose… commence-t-il. Je te présente ma mère. Maman, c'est Rose, ma petite amie.

Je sens que cette révélation lui coûte et je me sens profondément blessée qu'il soit mal à l'aise à l'idée de me présenter à sa mère. Est-ce qu'il pense que je ne suis pas à la hauteur ? Malgré tout, je salue poliment cette jolie femme aux longs cheveux noirs et je constate que ses enfants ne tiennent pas leurs yeux de leur mère. Néanmoins, ils lui doivent leur beauté.

Sur l'invitation de Mme Lambardy je prends place à côté de mon petit ami et je commande une petite sucrerie moi aussi. La belle femme en face de moi m'invite à l'appeler par son prénom, Myriam, et je la trouve très chaleureuse. Elle semble assez jeune et je lui envie sa beauté. Je pourrais presque me sentir bien en sa compagnie si je n'avais pas autant l'impression qu'Ethan ne veut pas de moi ici. Alors quand Myriam s'excuse pour aller aux toilettes, je profite de son absence pour ranger mes affaires.

— Tu t'en vas ? m'interroge Ethan.

— Ma présence ici est un problème pour toi, alors oui. Je suis désolée de vous avoir dérangés et je suis encore plus désolée de ne pas être assez bien pour que tu me présentes à ta mère.

Des larmes de honte me brûlent les yeux mais je refuse de les laisser couler. Je suis tellement embarrassée.

— Rose, non. Je n'ai absolument pas honte de toi ! dit-il avec force et conviction. Comment tu peux penser ça ? Enfin, je veux dire… oui, je comprends que tu aies cru ça, mais je te jure que je n'ai pas honte de toi. Tu es la plus belle femme que je connaisse mais aussi la plus gentille. Tu es intelligente, intéressante, amusante… Je n'ai aucune raison d'avoir honte de toi. Je suis sûrement l'homme le plus fier de sa petite amie, chaque jour je remercie le ciel que tu m'aies choisi. Alors s'il te plaît, ne crois jamais que tu n'es pas assez bien pour moi alors que tu l'es beaucoup trop.

Je sens qu'il est honnête et ça me touche en plus de me rassurer. Cela m'enlève un poids car je me suis sentie très mal quelques secondes plus tôt. Bien entendu, la réciproque est vraie et je me dis jour après jour que je suis la fille la plus chanceuse du monde. Pourtant, je suis perdue, son attitude est incompréhensible et en contradiction parfaite avec ses sentiments.

— Mais alors, pourquoi ?

— C'est compliqué…

C’est devenu sa phrase préférée. Je soupire.

— Est-ce que ton secret est lié à ta mère ?

Il reste silencieux et je prends ça pour un oui. Si c’est le cas, je me ferai un plaisir de travailler sa mère pour enfin percer ce mystère et effacer ce nuage qui pèse sur notre relation. Il est temps de découvrir ce que tout le monde me cache.

TRENTE-DEUX

ETHAN

J'aurais aimé présenter Rose à ma mère dans d'autres conditions, je l'aurais fait avec beaucoup de fierté, je n'ai pas menti à ce sujet. Mais tout ça n'aurait été possible que si je ne cachais pas ce lourd secret. Chaque seconde qui passe est une seconde de stress où j'espère que ni l'une ni l'autre ne fera le rapprochement. Je sais que je dois parler à ma petite amie et lui confier ce qui me pèse, mais pas comme ça, pas dans ces conditions. Alors quand ma mère revient des toilettes, je m'inquiète du cours que prendra la discussion.

— Je suis contente de vous rencontrer, Rose. Stecy m'a beaucoup parlé de vous. Chaque année c'est pareil, vers le mois d'avril elle devient intenable et n'attend qu'une chose, revenir à Lacanau.

— C'est une très bonne amie et elle travaille bien, je suis heureuse de l'avoir avec moi.

— Ethan aussi a beaucoup parlé de vous. Qu'avez-vous fait à mes enfants ? continue ma mère en riant.

— Il a parlé de moi ? demande Rose, surprise.

— Maman…

— Quoi ? Il n'y a pas de quoi être gêné. Il n'a que votre nom à la bouche. Rose par-ci, Rose par-là... Du coup j'attendais avec impatience de vous rencontrer, mais mes enfants n'ont pas arrêté de me balader à droite à gauche depuis que je suis arrivée et je n'ai pas eu une minute à moi.

— Vous pourrez venir me voir à la boutique si vous voulez. C'est celle qui se trouve face à l'océan. Vous ne pourrez pas la rater, c'est le seul magasin de vêtements qui se tient fièrement entre les restaurants.

— Avec plaisir !

Non, j'aimerais éviter ça. Je suis ravi que deux des plus importantes femmes de ma vie aient le désir de se connaître et semblent s'apprécier jusqu'ici, mais je préférerais éviter qu'elles se recroisent jusqu'au départ de ma mère. Elle ne reste que deux semaines, je devrais réussir à les tenir éloignées jusque-là. Stecy va m'aider, au fond c'est elle qui cache ce secret depuis le début et elle risque aussi gros que moi dans cette affaire.

La discussion s'éternise et ma mère invite Rose à boire un verre avec nous, ce qu'elle accepte évidemment avec plaisir. Je la sens se détendre à côté de moi et ça me fait du bien de la sentir plus à l'aise. Je sais que mon attitude la blesse et je m'en veux énormément, mais je ne sais pas comment faire autrement. Je pose ma main sur la sienne et lui souris tendrement quand elle se tourne vers moi.

— Et que font vos parents dans la vie ? Vous avez des frères et sœurs ?

Alerte rouge. Ma mère me tire de mes pensées avec ses questions trop personnelles et je lui jette un regard noir auquel elle répond par de grands yeux étonnés. Elle ne comprend pas.

— Je suis fille unique et je n'ai plus de parents.

— Je suis désolée, s'excuse ma mère, très gênée.

— Il n'y a pas de mal, vous ne pouviez pas le savoir.

Ma douce Rose et son divin sourire. Elle fait preuve de beaucoup de gentillesse et compréhension considérant la curiosité importante de ma mère. Je la comprends, d'une certaine façon, c'est la première fois qu'elle me voit dans une relation sérieuse alors elle veut connaître la fille qui a réussi ce miracle.

— En tout cas, je suis très heureuse d'avoir fait votre connaissance. Je peux enfin mettre un visage sur votre nom. Tout à l'heure, on a croisé une grande brune que je croyais être vous mais Ethan m'a expliqué que ce n'était qu'une amie.

— Samantha, je suppose ?

— C'est ça ! Vous la connaissez ? C'est aussi une de vos amies ?

— Pas vraiment, non.

Ma mère doit avoir senti l'animosité qui anime Rose car elle se tait et me jette un regard coupable. J'aimerais qu'elle arrête de mettre les pieds dans le plat et qu'elle évite de rajouter des problèmes à notre relation déjà bien compliquée.

Je serre un peu plus fort la main de ma petite amie sous la table et je suis soulagé qu'elle ne me repousse pas. Mais, quand ma mère s'excuse à nouveau pour se rendre au bar afin de demander un renseignement, Rose se détache de moi.

— Ne te fâche pas, on l'a juste croisée.

— Je ne sais plus si je peux te croire.

— Ne fais pas ça, Rose…

— Faire quoi ? Je ne sais pas comment réagir avec toi. Tu me caches des choses en permanence et tu voudrais que j'ai confiance en toi. Comment veux-tu que j'y arrive si tu passes ton temps à me mettre à l'écart ?

— J'ai croisé Sam alors qu'on se promenait avec ma mère et ma sœur, ce matin. Elle est venue nous saluer et j'en ai profité pour la prendre à l'écart et mettre les choses au clair avec elle.

Je pose ma main sur la joue de Rose et soutiens son regard.

— Je lui ai demandé d'arrêter de m'approcher. J'ai bien compris qu'elle voulait plus que de l'amitié et je sais que ça te fait de la peine. Alors j'ai mis un terme à notre relation qui n'a toujours été qu'amicale de mon côté.

Je la sens se détendre et je vois le soulagement qui la gagne. Puis elle se met à rire légèrement et je me demande ce qu'il lui prend tout à coup.

— Ça a dû lui faire un choc. Il n'y a pas si longtemps, je l'ai remise à sa place et je lui ai bien fait comprendre qu'il n'y avait que moi pour toi, me dit-elle, fièrement.

— Rien n'est plus vrai, dis-je faiblement avant de l'embrasser.

Ma mère nous fait savoir qu'elle est de retour en toussant aussi peu discrètement que sa fille. Rose en profite pour se lever et expliquer qu'elle va rentrer et nous laisser manger, elle a besoin de se reposer afin d'être en forme pour demain. Elle salue ma mère qui n'hésite pas à lui offrir une petite étreinte à laquelle ma petite amie répond maladroitement, et vient ensuite m'embrasser. J'en profite pour l'informer que je dors à l'appartement avec Stecy et ma mère et qu'elle me manque énormément la nuit, et pas seulement.

— Tu me manques aussi. Reviens-moi vite.

Je vois à son regard triste qu'elle ne fait pas uniquement référence à mon lieu de couchage mais aussi à mon attitude. Je ne suis plus celui dont elle est tombée amoureuse et ça me fend le cœur de ne pas être à la hauteur. Je l'aime tant…

***

Le soleil brille haut dans le ciel quand nous décidons de sortir nous promener. Stecy ne travaille pas de la journée et j'ai donc négocié mon jour de repos avec Lucas pour que nous puissions passer du temps avec notre mère. Malheureusement, celle-ci semble bien décidée à rendre visite à Rose et nous avons beaucoup de mal à la faire changer d'avis. Nous évitons au mieux son magasin mais quand elle l'aperçoit de loin en train de discuter avec un commerçant voisin, elle lui fait de grands signes de la main et nous entraîne tous vers elle. Je sens que cette histoire va très mal se terminer et ma sœur semble du même avis.

Rose nous accueille, non sans surprise, et nous invite à entrer. Stecy et moi sommes presque traînés par notre mère qui est impatiente de découvrir les créations des deux jeunes filles. Ma petite amie lui en présente plusieurs et plus les minutes passent, plus le stress me gagne. Je ne sais pas comment éviter l'inévitable et quand je vois ma mère se raidir et perdre son sourire, je comprends que l'heure est arrivée. Elle tourne et retourne l'étiquette d'un débardeur qu'elle tient entre les mains et regarde vers Rose qui est en train de fouiller dans une caisse pour lui trouver autre chose. Elle n'avait pas fait attention au nom de la boutique mais il est accroché à chaque vêtement.

— Rose, quel est votre nom de famille ?

Je sens la panique dans la voix de ma mère et Stecy et moi ne savons absolument pas comment empêcher ce qui va arriver.

— Williams, pourquoi ? demande ma petite amie avec curiosité.

Ma mère écarquille les yeux et sa main commence à trembler.

— Pardonnez mon indiscrétion mais, comment s'appelait votre père ?

— Mon père ? Jack. Jack Williams.

La femme qui m'a mis au monde laisse tomber le morceau de tissu à l'origine d'un des moments les plus horribles de notre vie et lorsqu'elle se tourne vers Stecy et moi, son visage est partagé entre colère et tristesse.

— Comment avez-vous osé ?! Stecy ! Toutes ces années ?

— Maman, essayé-je de l'arrêter.

— Tais-toi ! Tu aurais dû l'en empêcher ! Et qu'est-ce qui t'as pris de sortir avec elle ? Quelle idée morbide t'es passée par la tête ? Vous aviez interdiction d'approcher cette famille !

Rose semble perdue, elle nous regarde tous chacun à notre tour et quand elle plonge ses yeux dans les miens, je comprends qu'elle me supplie de lui donner des explications. Seulement, je ne sais pas par où commencer. Alors je me dirige vers elle mais ma mère m'arrête et me tape sur le bras avec son sac.

— Maman, calme-toi !

— Non ! Vous me faites honte ! À quoi vous jouez ? continue-t-elle en se mettant à pleurer. Vous ne pensez pas que votre père a fait assez de mal comme ça ?

— Excusez-moi, intervient Rose. Quel est votre nom de famille, madame ?

Ma mère se calme et lorsque sa voix vient briser le silence qui s'est installé, elle détruit aussi toute ma vie.

— Meyer. Je suis madame Meyer.

Cette fois, c'est bon, je sais qu'elle a compris. Elle sait que mon père est le monstre alcoolique qui a ôté la vie du sien.

TRENTE-TROIS

ROSE

J'ai le sentiment que mon monde tout entier vient de s'écrouler sous mes pieds. Cela fait si longtemps que je n'ai plus entendu parler de cette famille que j'aurais presque pu l'oublier si son patriarche n'avait pas été la cause de si grandes souffrances pour moi. Je me souviens encore de l'appel que j'ai reçu et à cause duquel mon cœur a presque cessé de battre. Une voix masculine m'annonçait que mon père avait eu un accident de voiture et que je devais me rendre immédiatement à l'hôpital. Le visage de ma grand-mère, déjà sur place, était décomposé. Ce que je prenais pour une simple peur à cette époque était en fait le désespoir de voir son enfant quitter ce monde avant elle. J'ai passé des moments atroces et quand ma grand-mère et moi avons appris que l'homme, Daniel Meyer, était en état d'ébriété au moment de l'accident et que sa famille était bien sûre prête à nous dédommager, je me suis sentie pitoyable. J'avais l'impression qu'on essayait de racheter ma peine avec de l'argent alors qu'aucun de mes sentiments n'avait de prix. Ma grand-mère a fait le nécessaire, juridiquement, pour qu'aucun membre de la famille ne puisse nous approcher et je lui en ai été reconnaissante. Je ne voulais pas voir cet homme ou ses proches, je refusais de savoir s'il avait lui-même des enfants ou une femme qui pleuraient à son chevet, il avait provoqué un accident dont je ne risquais pas de me remettre de si tôt et je n'étais pas prête à le pardonner et encore moins à le pleurer.

Je ne sais pas exactement quel sentiment domine en ce moment. Je suis triste au souvenir de mon père sur son lit d'hôpital et déçue de constater que deux des personnes qui me sont les plus chères m'ont menti pendant si longtemps. J'imagine que c'était le secret d'Ethan et que Stecy l'aidait à le cacher. Elle est ma seule véritable amie et il est mon petit ami, je ne sais pas quoi penser de leur mensonge. J'ai le sentiment que tout le monde me ment depuis toujours et que je ne suis qu'une idiote qui se laisse avoir à chaque fois. Alors quand les larmes glissent sur mes joues, j'ignore si elles sont de chagrin ou de déception. Peut-être un peu des deux. Je ne comprends pas pourquoi ils se sont rapprochés de moi en sachant qui j'étais et je m'interroge sur leurs motivations. Sont-ils comme Mikael ? Peut-être qu'à l'instar de cet homme étrange qui m'envoie des fleurs pour ensuite me torturer, ils prétendent m'aimer pour me faire souffrir plus tard. Peut-être qu'ils en veulent à mon père pour l'accident et le décès du leur, après tout, qui me dit qu'ils ne cherchent pas à se venger ? J'ai l'horrible sentiment de ne finalement rien savoir sur eux et c'est ce qui me fait tant de mal. J'ai passé des années à aimer

Stecy et je suis tombée follement amoureuse d'Ethan, mais tout ça n'est sûrement qu'une illusion, depuis le début je ne suis qu'un pion dans un jeu malsain auquel ils se prêtent. Je ne suis qu'une idiote.

— Rose, je t'en prie…

La voix de l'homme que j'aime, de celui que je pensais aimer en tout cas, me tire de mes noires pensées. Mais regarder son visage me broie le cœur et je suffoque. Il n'est probablement pas celui que je croyais. Tout s'effondre autour de moi, je me sens comme la reine de cœur au centre d'un château de cartes qui attend que ses sujets tombent et l'entraînent dans sa chute. Lorsque tout se sera entièrement effrité, je sombrerai avec lui.

— Sortez. Allez-vous-en.

Ma voix n'est qu'un faible murmure et je vois au regard d'Ethan qu'il n'est pas prêt d'obéir. Il s'approche de moi, malgré le bras de sa mère qui le tire vers l'arrière et lui ordonne de me laisser. Plus il avance, plus je recule et quand je me retrouve contre le mur, je me laisse tomber par terre et fonds en larmes en le suppliant de partir. Je crois que sa part d'humanité, aussi faible soit-elle, l'empêche d'insister.

— Je t'aime, Rose. Je t'aime plus que tout. Je te jure que c'est la vérité.

Je refuse de croire qu'il dit vrai parce qu'il est plus facile pour moi de me dire qu'il ne m'a jamais aimée et que je suis une idiote trop crédule, que d'accepter qu'il est sincèrement amoureux de moi mais a tout de même préféré me cacher cette sombre vérité. Je n'arrive pas à savoir ce qui était vrai dans notre relation et ce qui était faux. À quel moment a-t-il commencé à se jouer de moi ? Était-ce dès notre première rencontre ou seulement cette année ? Comme je suis incapable de savoir ce qui était sincère et ce qui ne l'était pas, même les bons souvenirs commencent à se ternir et je n'ai plus aucun moment heureux auquel me rattacher. Alors je pleure comme je n'ai jamais pleuré, à ne plus pouvoir respirer. Je refuse de lever les yeux pour voir cette maudite famille quitter ma boutique et je reste là, au sol, à me vider de mon chagrin.

Lorsque mes yeux sont aussi secs que mon cœur, je me lève avec difficulté et j'imagine sans mal les dégâts que ma tristesse aura laissés sur mon visage. J'ai besoin de partir d'ici et quand plus rien ne va, c'est dans les bras de mon cousin que je trouve toujours du réconfort, alors c'est vers lui que je vais aller, une fois encore.

Je ferme la boutique plus tôt que prévu et je sens les regards inquiets de certains voisins en me voyant, mais je baisse la tête et refuse de m'arrêter pour en discuter. Je veux voir Lucas, je ne peux pas attendre. D'un coup, je me mets à courir vers l'école de surf et quand j'arrive et que je le vois, je trouve de nouvelles larmes à verser. J'ignore l'inquiétude dans son regard pour ne pas avoir à ressentir de culpabilité, et je me jette dans ses bras. Il me sert contre lui et, une fois encore, je m'effondre. Je me sens pathétique mais je n'ai pas la force d'être plus forte, je suis finalement incapable d'être la femme que je rêve d'être. Je n'en ai pas le courage et je me sens encore plus faible maintenant que je ne peux plus compter sur l'amour d'Ethan ou l'amitié de Stecy. J'ai toujours voulu être indépendante mais j'ai besoin des autres et je m'appuie sur eux en permanence. Il y a d'abord eu Mikael, puis Lucas, Stecy et enfin Ethan. Je suis ainsi faite, incapable d'avancer seule. Mais qu'est-ce que j'y peux si j'ai besoin de l'amour de mes proches ? Je n'ai pas choisi d'être comme ça, j'ai besoin d'aimer et d'être aimée, je suis ainsi faite. Alors quand je suis trahie trois fois en si peu de temps et qu'il ne me reste plus qu'une personne, je me mets à douter de moi. Et si j'étais le problème ? Si tout était de ma faute ? Je suis peut-être trop dure à aimer…

Je raconte l'histoire à Lucas, avec difficultés, entre deux sanglots et le nez toujours fourré dans son t-shirt. J'espère qu'il arrive à comprendre ce que je dis et en même temps je m'en fiche, j'ai besoin de tout laisser sortir, de faire le vide pour mieux comprendre moi-même. J'arrive avec peine au bout de ma tirade et mon cousin continue à me serrer contre lui tendrement.

— Je suis désolé, Rose.

Sa voix est étrange et même ses gestes ont quelque chose de différent. Je m'écarte pour le regarder et je comprends immédiatement en voyant son visage. Je le connais si bien.

— Tu étais au courant…

Je laisse ces mots sortir sans en être vraiment convaincue, en espérant qu'il me contredira.

J'aimerais qu'il me dise que je suis stupide, qu'il ne savait pas et que s'il l'avait su, il m'en aurait parlé. Alors j'attends, encore et encore, j'attends qu'il prononce ces mots et me sorte de cette phase de doute. Je le supplie intérieurement de le faire. Mais rien ne vient, son visage est ravagé par la culpabilité – ou la tristesse ? – et je n'ai pas d'autres choix que d'accepter la réalité. Lucas, le seul homme en qui je croyais pouvoir avoir encore confiance, vient de se ranger par ses propres moyens dans la même case que les deux autres. Il a menti.

— Rose…

— Non, arrête. Arrêtez, tous ! Vous n'êtes que des menteurs. Est-ce que je suis la seule à Lacanau qui n'était pas au courant ?

— Tu sais bien que non.

— Non, justement, je ne sais pas. Je ne sais plus rien !

Je recule et lorsqu'il tente de m'attraper la main, je le repousse et secoue la tête pour qu'il n'insiste pas. J'ai tellement mal au cœur que je ne sais plus quoi faire de moi-même. J'ai l'impression d'avoir mal partout, que la souffrance dans mon âme s'est répandue dans tout mon corps. J'aimerais fuir, très loin. Et c'est ce que je décide de faire, d'une certaine façon. Je pars en courant alors que mon cousin hurle mon nom et je me précipite chez moi pour m'y enfermer à clé. Je ne veux plus sortir de là, je veux que l'hiver arrive afin que je puisse hiberner moi aussi et ne plus avoir à gérer toutes ces difficultés émotionnelles. Parfois, j'aimerais juste mourir et rejoindre mon père.

TRENTE-QUATRE

ETHAN

Je fais les cent pas à l'appartement et je prends sur moi pour ne pas exploser. C'est la première fois de ma vie que j'en veux autant à ma mère. J'ai des envies presque meurtrières que je tente tant bien que mal de contenir. Je lui en veux d'avoir osé agir de la sorte. Je sais qu'elle a très mal vécu cet accident car au-delà de la perte de son époux, elle a endossé la culpabilité de son acte. Il a conduit en état d'ébriété, comme souvent, mais cette fois il a eu un accident et a causé la perte d'un autre être humain. Ma mère s'en veut et je comprends cette culpabilité, mais cela ne lui donnait pas le droit de faire ça, pas de cette manière.

— Je n'arrive pas à croire que vous avez osé faire une chose pareille…

— Arrête, maman. Tais-toi.

— Ne me parle pas comme ça, Ethan !

— Tu débarques ici et tu viens ruiner des relations qui nous sont précieuses ! Même ton statut de mère ne t'en donnait pas le droit !

— Ethan a raison, continue Stecy, plus calmement. Tu crois qu'on s'amuse à je ne sais quel jeu malsain mais notre relation avec Rose est réelle. Était réelle. Je devrais peut-être parler au passé, grâce à toi.

Ma sœur est dans le même état que moi et l'attitude butée de notre mère est encore plus irritante que ce qu'elle a fait.

— Vous êtes complètement fous, tous les deux. Cette petite a assez souffert et nous aussi.

— Nous ? Quelles souffrances ? La seule peine que je ressens c'est d'être le fils d'un alcoolique meurtrier.

— Ne parle pas comme ça de ton père !

— Pourquoi ? Parce que tu n'arrives pas à accepter ses actes ? Tu as honte, comme nous. Mais si toi tu préfères nier, nous, on a choisi d'affronter la réalité. Est-ce que tu as une idée des difficultés auxquelles on a dû faire face, Stecy et moi, pendant que tu te contentais d'agir comme si rien ne s'était passé ?

Ma mère se met à pleurer et ma sœur me fait signe de me calmer. Elle sait que j'ai raison et elle est d'accord avec moi. Pendant que notre mère pleurait son époux et oubliait ses actes, Stecy et moi apprenions à vivre avec ce poids terrible sur nos épaules. Nous ne savions pas si nous étions autorisés à pleurer notre père après le mal qu'il avait causé et cette incertitude nous rongeait. Tous les bons souvenirs de lui que nous avions commençaient à s'assombrir jusqu'à s'altérer et devenir tristes. J'aimais mon père pour tout ce qu'il m'avait appris mais je lui en voulais aussi. Je le détestais d'être parti, je maudissais son amour de la bouteille et je haïssais le monde entier. Pendant cette période de doutes et d'incompréhension, j'ai tout remis en question et j'ai fait des choses dont je ne suis pas fier. J'étais en quête de frisson, je voulais tellement me sentir vivant que ça en devenait une obsession. Je me battais, je baisais, je fumais et parfois je me droguais. J'étais un débauché sans âme et je me souciais peu de mon avenir. Et puis un jour, il est arrivé malheur à ma sœur et tout s'est remis en place dans ma tête, comme par magie. Je crois que cette nouvelle tragédie a été un déclic, pour elle comme pour moi. C'est peu de temps après qu'elle a décidé de changer de vie et qu'elle a retrouvé Rose. Quant à moi, j'ignorais tout de ces agissements mais je ne pouvais que soutenir son désir d'être à nouveau heureuse. Stecy a retrouvé le sourire en partie grâce à ma jolie fleur, comment ne pas en tomber amoureux ? Bien sûr, j'ignorais tout de son identité quand les premiers sentiments sont apparus, mais d'une certaine façon je trouve le destin bien malin.

Voyant que ma mère continue à pleurer malgré le réconfort que tente de lui apporter ma sœur, je m'agenouille devant le canapé où elles sont installées et je lui prends la main avec douceur.

— Maman, je ne minimise pas ta souffrance. Malgré ses erreurs, c'était ton mari et tu l'aimais. J'ai du mal à accepter qu'il ait été mon père mais je comprends que tu le pleures. Seulement… Tu ne peux pas effacer ses erreurs, ce n'est pas sain comme attitude.

— Et tu dois accepter que nous fassions notre deuil différemment, continue ma sœur. Rose est une amie qui m'est très chère et je pense que l'amour d'Ethan pour elle est assez clair. Tu nous as mis tous les deux dans l'embarras avec ta violente réaction tout à l'heure.

— Je suis désolée…

— De toute façon, il fallait bien qu'elle l'apprenne, reprend ma sœur, essayant de positiver.

De mon côté, j'ai du mal à avoir encore une once de positivité en moi. Je suis tellement convaincu d'avoir définitivement perdu la femme que j'aime que je ne suis plus en mesure de penser autrement que de manière négative. Rose ne me pardonnera jamais.

Nous avons passé le reste de la journée et de la soirée à parler du passé et à essayer de mieux nous comprendre les uns les autres. Jusqu'ici, c'était Stecy et moi contre le reste du monde, notre mère comprise, mais après cet échange, j'ai bon espoir que nous puissions faire avancer notre relation dans le bon sens. Néanmoins, ce n'est pas ça qui recollera les morceaux de mon cœur. Je ne peux que laisser les jours passer sans qu'aucun ne m'apporte de solution pour arranger les choses avec Rose.

***

Le jour du départ de ma mère, je vois que mon état presque végétatif la fait culpabiliser et je tente de la rassurer avec des paroles aussi vides que je le suis.

— Je suis désolée, me dit-elle encore une fois.

— Ne t'inquiète pas, maman. On va trouver une solution.

J'espère ne pas sonner aussi faux que ce que j'entends. Je ne veux pas faire encore plus de mal à ma mère, elle a déjà beaucoup souffert et je ne peux pas l'envoyer au bûcher pour cette erreur involontaire. Elle n'a pas su contrôler ses émotions, elle n'essayait pas de me nuire.

— J'espère qu'elle trouvera la force de nous pardonner tous. J'espère vraiment que tu pourras être heureux avec elle…

La sincérité que je sens dans sa voix me fait monter les larmes aux yeux. J'ai envie de pleurer mais j'ignore si c'est parce que je suis heureux que ma mère accepte celle que j'aime ou si c'est par désespoir de savoir mon amour impossible, à présent. Je ne peux que retenir mes larmes et serrer dans mes bras la femme qui m'a mis au monde, en la remerciant.

Stecy et moi demandons à notre mère d'être prudente sur la route et de nous tenir informés de son avancée. Il y a plusieurs heures de route jusqu'à Paris et je ne suis jamais rassuré quand elle roule de nuit. Elle dit que c'est mieux pour éviter les embouteillages mais moi, je trouve ça un peu dangereux. Une fois partie, je rentre me jeter dans le canapé. Je me sens vidé. J'ai le sentiment que mon monde est en noir et blanc et je me demande où sont passées toutes les jolies couleurs que Rose avait peintes pour moi. Elle me manque, je ne suis rien sans elle, rien qui en vaille la peine, en tout cas.

— On fait quoi pour Rose ?

— Comment ça, on fait quoi ? dis-je, étonné.

— Qu'est-ce qu'on fait pour se faire pardonner ?

— Rien du tout. Je pense qu'on a assez fait de dégâts.

— Alors quoi, tu baisses les bras ? Tu tires un trait sur elle ?

Je n'ai pas de réponse à lui apporter. Je n'ai pas envie de reconnaître que notre histoire est terminée mais je refuse de lui faire plus de mal encore en insistant. Elle sera sûrement plus heureuse si je sors de sa vie.

— Stecy, notre père a tué le sien. Je ne pense pas que ce soit les meilleures bases pour une bonne relation.

— Tu te cherches des excuses pour justifier ton abandon. Moi, je ne compte pas tirer un trait sur mon amitié avec elle sous prétexte que mon géniteur a fait une connerie ! C'est pas de ma faute et je suis certaine que Rose le sait aussi.

— Alors quoi, tu vas aller la voir et lui dire « Hey, mon père a tué le tien mais on peut quand même être amies, pas vrai ? » Redescends sur terre.

— T'es vraiment con parfois.

Et juste comme ça, elle sort de l'appartement et m'abandonne à ma solitude. C'est vrai, je suis un imbécile, un idiot malheureux.

TRENTE-CINQ

ROSE

Je n'ai pas ouvert la boutique depuis des semaines, c'est comme si le temps s'était arrêté. Je reste enfermée chez moi et seul mon cousin – que j'ai pardonné simplement par incapacité à supporter la solitude – passe parfois me voir. Je n'ai pas envie de parler de tout ça aux autres et je n'ai pas la force de me montrer souriante, alors je reste cloîtrée dans ma maison, à contempler le bracelet en argent qu'il m'a offert et que je ne quitte plus, même s'il me déchire le cœur car il me rappelle que notre amour n'a finalement pas été éternel. Je perds des sommes d'argent colossales mais, malgré ça, je ne trouve pas la force d'aller de l'avant. Je suis vidée de toute joie et je passe mes journées recroquevillée dans mon lit. Je ne me lève que pour me laver et avaler le peu d'aliments que mon estomac accepte. Quand je le fais et que je croise mon reflet dans le miroir, je constate que Lucas a raison et que je ne suis plus que l'ombre de moi-même. Alors j'évite de me regarder, j'essaie d'oublier mais les heures passées à fixer le vide me donnent bien trop de temps pour penser à mon amour pour Ethan ou à mon amitié pour Stecy. Je ne comprends toujours pas pourquoi ils m'ont menti et cette incompréhension me fait souffrir, elle me tue à petit feu.

— Tu ne peux pas continuer comme ça, secoue-toi !

— Tais-toi, je t'en supplie, tais-toi…

Je sais qu'il souffre de me voir dans cet état et qu'il essaie simplement de m'aider, mais je n'ai pas le courage de l'entendre une fois de plus me dire ce que je sais déjà. Alors quand quelqu'un frappe à la porte, je suis soulagée car mon cousin m'abandonne pour aller ouvrir. Mais son absence est de trop courte durée à mon goût et déjà j'entends ses pas revenir vers moi.

— Rose…

Cette voix, ce n'est pas Lucas. Une énergie nouvelle s'empare de moi et je me lève pour faire face à celle que j'ai stupidement considérée comme une amie.

— Tu n'as rien à faire ici. Rentre chez toi.

— Laisse-moi t'expliquer, s'il te plaît.

— M'expliquer quoi ? Tu le sais depuis le début et tu te moques de moi en revenant chaque été. Est-ce que tu t'es amusée ? C'était divertissant de m'entendre parler de mon défunt père, pas vrai ?

Je sais que j'exagère, Stecy n'est pas cruelle, mais je suis tellement retournée par toute cette situation que cela se transforme en méchanceté.

— Tu as raison, j'étais au courant depuis le début.

Son regard triste mais sérieux se plonge dans le mien et même si j'ai encore envie de lui hurler dessus et de la jeter dehors, peut-être même de la gifler, je veux aussi entendre ce qu'elle a à dire. J'ai besoin de comprendre, l'ignorance ne me réussit pas.

— Quand mon père est mort, je suis passée par différentes phases mais j'en ai surtout voulu au monde entier, ton père compris, de m'avoir enlevé un être cher. Puis, j'ai grandi et j'ai compris qui était le vrai coupable. Il m'a fallu du temps pour l'accepter et encore plus de temps pour reprendre ma vie en main. Mais un jour, j'ai décidé de me ressaisir et j'ai fait des recherches pour te retrouver.

— Pourquoi ? demandé-je en tentant de cacher l'émotion provoquée par la souffrance de Stecy.

— Je voulais rattraper les erreurs de mon père. Je sais que ça n'a pas de sens, ce n'est pas de ma faute, j'en ai conscience, mais le poids de la culpabilité était trop lourd pour moi et j'ai voulu faire quelque chose pour l'alléger. Je cherchais à rééquilibrer grossièrement la balance de la vie.

Alors que je m'apprête à lui demander de quoi elle parle, elle me tend une violette.

— Je suis désolée, ajoute-t-elle.

Si ma première réaction est de me demander où elle a pu en trouver une en cette saison, ma seconde est d'écarquiller les yeux en comprenant ce que cette fleur signifie.

— Le mystérieux livreur de fleurs, c'était toi…

Stecy se retourne sans me répondre, comme s'il était inutile de confirmer les faits, et tout à coup elle retire son t-shirt. Je m'étonne de son geste mais quand je découvre le tatouage qui s'étend sur tout son dos, je suis émerveillée. Une immense variété de fleurs s'étale sur sa peau hâlée et je suis subjuguée par la beauté de cette pièce. Un incroyable bouquet.

— Quand je t'ai rencontrée la première fois, reprend-t-elle, j'ai eu trop peur de me présenter sous mon vrai nom, alors j'ai utilisé le nom de jeune fille de ma mère. Je voulais faire quelque chose pour toi, mais j'ignorais encore quoi. Je ne m'attendais pas à t'aimer autant, je ne savais pas que tu étais une personne si exceptionnelle.

J'entends les larmes dans sa voix et je sens les miennes glisser sur mon visage.

— Alors que je voulais t'offrir quelque chose, c'est toi qui es devenue un réel soutien pour moi. Une amitié est naturellement née entre nous et je t'aimais tant que je ne parvenais plus à me sortir de ce petit mensonge que j'avais créé. J'avais si peur que tu ne m'aimes plus, que tu me rayes de ta vie…

— Oh, Stecy… Je n'aurais jamais tiré un trait sur toi.

Les épaules de mon amie se recroquevillent et je l'entends sangloter, ce qui me déchire le cœur. Je m'avance vers elle et je remarque alors de fines cicatrices sous les traits d'encre. Mais je ne dis rien car je sais que la jeune femme a déjà puisé tout au fond d'elle pour réussir à s'ouvrir ainsi à moi. Je me contente de l'enlacer et de la serrer contre moi, absolument pas gênée par sa presque nudité.

— Les fleurs étaient une délicate attention, mais le plus beau cadeau, c'est ton amitié, dis-je tout bas. Merci de m'avoir dit la vérité et… merci pour les fleurs. Elles m'ont été d'un grand soutien.

— C'est vrai ?

Ses doigts se mêlent au mien dans une prise affectueuse et tendre, et je sens la joie se mêler à sa peine en m'entendant. Cela me prouve combien elle tient à moi et à quel point elle voulait faire quelque chose de bien pour moi.

— J'aurais aimé que tu me dises tout ça plus tôt. C'est l'incompréhension qui m'a rendue folle. J'avais le sentiment de ne plus vous connaître, ni toi, ni ton frère, et d'avoir été prise pour une idiote. Jamais je ne vous tiendrai rigueur de l'erreur commise par votre père mais les mensonges viennent bien de vous et pour ça, je vous en ai voulu.

— Je sais, c'est pour ça que je suis venue aujourd'hui, me répond-elle sans desserrer son emprise sur mes bras qui l'entourent. Je suis désolée d'avoir mis tant de temps à te dire la vérité…

— Ça ne fait rien, je te pardonne. Au moins, tu es venue.

À la différence de son frère qui n'a pas donné signe de vie, elle est venue à ma rencontre et elle s'est battue pour notre amitié. Je suis si misérable sans elle que ma rancune n'a aucune sorte d'importance. Et maintenant que je sais qu'elle n'avait pas de mauvaises intentions, juste de la peur, je ne peux que lui pardonner. D'autant qu'elle porte un poids dont elle mérite d'être déchargée.

Une fois nos larmes séchées, nous nous installons à la cuisine pour boire un verre et essayer de remettre de l'ordre dans nos esprits. Je suis encore chamboulée par toute cette histoire mais je suis heureuse d'avoir retrouvé Stecy.

— Où est Lucas ? demandé-je soudainement.

— Il m'a fait entrer et il est parti.

Je souris à cette pensée. C'est tout à fait son genre.

— Rose, il faut que je te dise quelque chose.

— Est-ce que je dois aller chercher d'autres mouchoirs ?

— Non, dit-elle en riant. Je veux juste que tu saches qu'Ethan n'était pas au courant jusqu'à récemment. Je lui ai dit un peu avant qu'on revienne et comme moi, il n'a pas su comment te le dire.

Cela explique le silence radio avant son retour et son attitude étrange avec moi…

— Alors il est tombé amoureux de moi sans savoir qui j'étais ? demandé-je, pleine d'espoir.

— Exactement. Je sais que ça ne me regarde pas mais je voulais que tu le saches. Mon frère est fou amoureux de toi et son seul crime est d'avoir eu peur de te perdre. Tu es son tout, aujourd'hui, et l'idée que tu cesses de l'aimer lui était vraiment insupportable. Il s'en veut que notre père soit coupable du décès du tien, il sait combien tu l'aimais…

Mon cœur saigne en imaginant l'homme que j'aime en prise avec le chagrin mais il se panse et se réchauffe en comprenant que l'amour était sincère entre nous. Je pleurerais presque de nouveau de soulagement en apprenant que notre relation n'était pas fausse, qu'elle n'était pas basée sur des mensonges.

Je me lève d'un coup sous le regard étonné de mon amie.

— Retourne voir Lucas et demande-lui de te parler du décès de mon père.

— Quoi ?

— Fais-moi confiance et vas-y. Moi, je vais voir ton frère.

Confuse, elle ne peut néanmoins retenir un sourire en me voyant déterminée à retrouver Ethan. Et volontaire, je le suis. Je dois aller le voir et le soulager de cette peine et cette culpabilité qui le rongent. Il a besoin de moi autant que j'ai besoin de lui. Je le sais, maintenant.

TRENTE-SIX

ETHAN

Cela fait des jours que je n'ai pas été travailler et si Lucas n'était pas passé et ne m'avait pas mis de force sous la douche, je serais probablement encore sale et malheureux sur mon canapé. Maintenant, je suis propre mais toujours triste à mourir. Je doute que ce soit une réelle amélioration. Rose me manque et mon chagrin n'a pas d'égal. Je m'en veux de lui avoir menti, j'en veux à mon père d'avoir ôté la vie au sien, j'en veux à la vie de se moquer de moi. Je déteste le monde entier, à commencer par moi.

Je touche du bout des doigts la repousse de ma barbe que mon patron a presque rasé lui-même, et je soupire en pensant que je voudrais sentir sa main à elle contre ma peau. Son absence a creusé un immense fossé dans la plus importante place de mon cœur, celle qui lui est consacrée. Quand je ferme les yeux, je vois ses larmes et son désespoir, sa tristesse et sa déception. Et quand je les ouvre, je ne cesse de penser à ses sourires que je ne reverrai jamais. Son visage est toujours aussi beau derrière mes paupières, mais les traits s'effacent et j'aimerais la revoir pour en mémoriser les moindres détails. Je rêve tellement de pouvoir poser mes yeux sur elle encore une fois que lorsque j'ouvre la porte en entendant quelqu'un y frapper avec vigueur, je crois à un mirage. Sa silhouette se dessine devant mes yeux. Je suis convaincu qu'elle n'est qu'une illusion produite par mon esprit malade mais dans le doute je ne bouge plus, je m'abstiens même de respirer.

— Bonjour, Ethan, dit-elle de sa voix douce.

Je relâche l'air bloqué dans mes poumons et inspire comme si je sortais juste la tête de l'eau après une importante apnée. Une foule de sentiments s'empare de moi lorsque son chant se fait entendre. Elle est réelle, Rose est devant moi et je n'aurai peut-être jamais d'autres occasions de lui présenter mes excuses. Alors je n'attends pas une seconde de plus.

— Je suis tellement désolé. Je t'en prie, pardonne-moi de t'avoir menti, excuse-moi d'être le fils de celui qui t'a pris ton père. Rose, je te supplie de trouver en toi la force de m'accorder ton pardon. Je ne peux pas vivre sans toi, je suis misérable quand tu n'es pas à mes côtés.

Je sens quelques larmes glisser sur ma peau et confirmer que je suis pathétique lorsque nous sommes séparés. Elle pensera peut-être que je ne suis pas digne, que je suis moins qu'un homme et que je ne la mérite pas, mais je suis réellement vide sans elle et je n'ai pas la force de prétendre le contraire.

Je m'apprête à continuer mes excuses lorsqu'elle entre et entoure ma taille de ses bras délicats. Je sens mon corps trembler au contact du sien et il me faut quelques secondes supplémentaires avant que je ne parvienne à lui rendre son étreinte. Je ne comprends pas ce qu'il se passe mais si tout est un rêve, je ne veux absolument pas me réveiller.

Rose se détache de moi mais ma déception s'atténue lorsque ses doigts remontent sur mes bras, mon visage, puis dans mes cheveux. Ses lèvres se posent contre mon menton, ma joue et enfin ma bouche. Elles me brûlent, je m'enflamme et le feu de mon amour me consumera très probablement. Mais j'accepte de rôtir en enfer. Pour un baiser de ma bien-aimée, je peux supporter un cauchemar éternel. Mon cœur est douloureux tant il est amoureux d'elle et, quand elle met fin à ce baiser enflammé, je ne peux me résoudre à la lâcher. Je voudrais que le temps s'arrête, une fois encore, j'aimerais mettre la machine de la vie en pause et pouvoir profiter de Rose à l'abri du reste du monde. Mais même si je regretterai sûrement mes paroles dans un instant, je ne peux garder le silence, j'ai besoin de savoir.

— Qu'est-ce que tu fais ?

— Je t'aime, Ethan. Je suis amoureuse de toi et je ne peux pas passer une seule minute de plus loin de toi.

Ses yeux sont humides mais ils brillent de détermination et de sincérité. Elle m'aime, en dépit de mon passé et de la souffrance que ma famille lui a causée, elle m'aime.

— Peux-tu me pardonner de t'avoir menti ? Peux-tu supporter l'idée que mon père t'ait causé tant de chagrin ? Rose, tu es ce que j'ai de plus précieux au monde mais je ne survivrai pas à un abandon. J'ai peur que tu te réveilles un matin et que tu me quittes, incapable de supporter la vue d'un visage trop similaire à celui qui t'a tant peinée.

Je ne veux pas la perdre, j'ai besoin d'elle, mais je ne peux pas vivre en la sachant malheureuse ou passer des années à l'aimer pour un jour être effacé de sa vie comme si je n'avais jamais existé. Pour toute réponse, ma petite fleur sourit et me tire par le bras pour me faire asseoir dans le canapé. Elle prend place à côté de moi et pose une main sur ma cuisse.

— Laisse-moi te raconter comment mon père est décédé.

— Je le sais, mon père…

— Non, me coupe-t-elle. Tu ne sais pas.

Je ne comprends pas ce qu'elle veut dire.

— La voiture de ton père a bien heurté celle du mien et je suis vraiment désolée que ton père ait perdu la vie dans cet accident mais le mien a survécu.

— Quoi ? Qu'est-ce que tu dis ?

— Ethan, mon père n'est pas mort dans cet accident. On lui a diagnostiqué un cancer pendant son séjour à l'hôpital et c'est pour ça que nous avons décidé de quitter Paris et de venir nous installer à Lacanau. Mon père a tout sacrifié pour s'occuper de moi quand ma mère nous a abandonnés, alors quand sa maladie a été décelée, je l'ai poussé à réaliser ses rêves. Nous sommes partis avec ma grand-mère et avons acheté ce local pour qu'il puisse s'épanouir dans son métier. J'ai arrêté mes études et je l'ai suivi pour profiter du temps qu'il lui restait. Malheureusement, il nous a quittées quatre ans plus tard.

— C'est impossible… Ton père est mort le 5 février 2006, comme mon père. Je le sais, cette date me hante depuis toujours, elle est gravée sur ma peau.

Je lui montre ma cheville, le fameux tatouage que tout le monde prend pour une femme. VIIVI.

— C'était donc ça…

— Le bracelet du prisonnier, la date maudite.

— Cette date marque le décès de ton père, pas du mien.

— Mais pourtant, on nous a interdit de vous approcher, on nous a dit que ta grand-mère et toi aviez assez souffert. Je… Je ne comprends rien…

Rose resserre sa prise sur ma cuisse et se rapproche un peu plus de moi comme si elle avait senti mon besoin de proximité.

— Je suis désolée des mesures extrêmes prises par ma grand-mère mais elle n'a toujours voulu que le meilleur pour moi. Elle avait peur que la vision de ta famille ne me soit néfaste. Dès que mon père a été rétabli nous sommes partis, nous avons quitté Paris et plus jamais nous ne sommes revenus. Je suis désolée pour la souffrance que la décision de ma grand-mère a causée. Si j'avais su que cela pèserait tant sur les épaules de deux jeunes personnes de mon âge, j'aurais tout fait pour vous retrouver et vous dire la vérité. En fait, je ne savais même pas que vous pensiez mon père perdu dans cet accident. Je l'ai compris récemment quand la vérité sur notre lien a éclaté.

Je ne peux plus retenir cette souffrance. La boule de nerfs et de culpabilité qui s'est formée en moi se dénoue en douceur mais l'émotion explose à l'intérieur de mon corps tel un feu d'artifices et je laisse tomber ma tête sur l'épaule de Rose, pleurant comme un enfant. Cette révélation change tellement de choses et je ne peux m'empêcher de rejouer certains souvenirs dans ma tête et de me remémorer le lourd fardeau que j'ai eu tant de mal à supporter. Je pensais mon père meurtrier, je lui en ai voulu si longtemps pour son erreur, jusqu'à en oublier ses réussites en tant que parent. Je me sens coupable de ne jamais avoir été me recueillir sur sa tombe, d'avoir tiré un trait sur lui.

Rose semble comprendre ma souffrance et elle m'offre un soutien incroyable. Sa main se pose sur ma tête et elle me laisse pleurer, sans un mot. Ce simple geste est tellement plus satisfaisant que toutes les paroles de réconfort du monde. Elle est si compréhensive, si douce. C'est le portrait craché de ce père qu'elle m'a si souvent décrit et elle ne réalise même pas combien elle lui ressemble. Je l'aime tellement, plus encore maintenant qu'hier, que mon amour en est presque douloureux. Je pourrais m'interroger sur notre couple qui se déchire souvent et se retrouve toujours, mais je sais qu'elle est faite pour moi et que je suis celui qu'il lui faut. Alors quand mes yeux sèchent enfin, je l'embrasse dans le cou et relève la tête pour lui faire face. Je pose mon front contre le sien et frôle son nez du mien.

— Je jure de ne plus jamais rien te cacher, commencé-je en chuchotant. Je te promets d'être celui que tu veux que je sois et d'être digne de toi.

— Tu es déjà celui que je veux, me répond-elle tout bas. Tu l'as toujours été. Je ne suis jamais autant moi que lorsque je suis avec toi, c'est la preuve que tu m'es destiné.

Nos lèvres se heurtent d'un amour violent qui nous consume de manière incontrôlée. Incapables de contenir ces sentiments débordants, nous laissons nos corps se retrouver de la même manière que nos cœurs l'ont fait quelques secondes plus tôt. Je chéris Rose de mes baisers, l'aime de mes caresses et fais vœux intérieur de toujours la protéger de tout, même de moi. Trop de personnes promettent une protection qu'ils sont les premiers à briser alors, moi, je prendrai soin du cœur de celle que j'aime. J'en fais la promesse. Aussi longtemps que mon ennemi le temps m'y autorisera, je serai l'épine de Rose, celle qui la protège des agresseurs humains.

J'ai été envoûté par une étonnante sirène dont le chant me comble de bonheur. Elle m'a entraîné dans les profondeurs de l'océan mais je n'ai pas peur de m'y noyer car son amour me permet de respirer, même au fin fond de l'Atlantique.

EPILOGUE

ROSE

Presque un an est passé et un nouvel été pointe le bout de son nez. Mais ce n'est pas le soleil brûlant qui représentera le changement de cette nouvelle année. Non, l'arrondi de mon ventre est définitivement la plus grande nouveauté. Je suis enceinte de trois mois seulement mais la petite vie qui grandit en moi est déjà visible et cela rend Ethan totalement fou. Il passe son temps à poser ses mains ou son visage sur mon ventre dans l'espoir d'entendre ou de sentir son enfant. J'ai beau lui répéter que c'est trop tôt, il n'en démord pas et me soutient que tout peut arriver. J'aime le voir si heureux et je me dis que j'ai été bien bête de m'inquiéter lorsque j'ai appris ma grossesse.

Quand j'ai découvert que j'étais enceinte, Ethan et moi étions ensemble depuis presque deux ans mais nous avions vécu des moments difficiles et n'habitions ensemble que depuis un an. J'avais peur que la nouvelle l'effraie, voire le rebute. Mais puisque nous nous étions promis de ne plus rien nous cacher, je n'ai pas attendu et je lui ai avoué. Après tout, je n'avais pas fait cet enfant toute seule. Mon petit ami en a perdu ses mots et a eu une absence de quelques longues secondes avant de tomber à genoux devant moi et de poser les mains sur mon ventre encore plat. J'ai deviné aux tremblements de ses mains et à l'humidité de ses yeux qu'il était heureux et les larmes ont immédiatement coulé sur nos deux visages. Des larmes de joie et de soulagement. Nous allions avoir une famille, une entière, nous qui n'avions pas eu la chance de grandir avec nos deux parents.

Depuis cette annonce, Ethan ne me lâche plus d'une semelle et Lucas est parfois obligé de l'emmener de force au travail. La situation me fait toujours beaucoup rire. Je suis ravie de voir que les deux hommes de ma vie s'entendent si bien et j'ai aussi la chance d'avoir Stecy à mes côtés à présent. Elle s'est définitivement installée à Lacanau et nous avons agrandi mon entreprise en l'exportant sur internet. Mon amie a des connaissances en informatique que je n'ai pas et son aide m'est précieuse. Sans elle, je n'aurais pas pu faire évoluer l'entreprise et je n'aurais donc pas pu nous payer toutes les deux. Si la boutique tourne plutôt bien en été, c'est le calme plat le reste de l'année et j'ai à peine du travail pour moi. Cette idée d'élargir notre clientèle en utilisant internet était donc une excellente proposition de celle qui deviendra un jour ma belle-sœur. Elle m'a récemment confié que, quand je lui ai annoncé la venue d'un neveu ou d'une nièce, elle a cherché un moyen de subvenir à ses besoins en restant ici. Il lui est inconcevable de vivre loin de ce petit être qui va arriver. Mon enfant sera aimé de ses deux parents mais aussi du reste de sa famille et, pour une fille comme moi qui n'a eu l'amour que d'un père et d'une grand-mère, c'est un bonheur immense. Je suis tellement heureuse.

En pensant à eux, je me demande comment va la mère d'Ethan et Stecy. La tête posée sur les cuisses de mon amant, je tourne vers lui pour l'interroger.

— Tu as des nouvelles de ta mère ?

— Je ne t'ai pas dit ? Elle veut venir vivre ici, elle aussi.

— Quoi ?

— Elle dit qu'il est hors de question qu'elle voit son petit-fils ou sa petite-fille une fois par an, me confie-t-il en riant.

Je suis heureuse qu'elle vienne s'installer près de nous. Je n'irai pas jusqu'à dire qu'elle et moi avons une relation fusionnelle mais nous nous entendons bien et plus mon enfant recevra de l'amour de la part de ses proches, plus j'en serai heureuse.

— C'est dommage que ton père et le mien ne puissent pas être là pour voir cet enfant… ajoute-t-il tristement.

— Oui…

Je prends sa main et me redresse pour venir l'enlacer. Je sais qu'il se remet à peine du départ de son père. Il a passé des années à le haïr et quand enfin il s'est autorisé à le pleurer, les vagues de la souffrance l'ont englouti. Mais il se remet progressivement. Il a été se recueillir sur sa tombe récemment.

— Nous irons présenter notre enfant à ton père.

Je sais qu'il comprend ce que je veux dire. Nous irons au cimetière faire des présentations spirituelles. Dans ses yeux, je lis tout l'amour et la reconnaissance qu'il me porte et le baiser que nous partageons est plein de promesses. Nous irons ensemble, en famille. Quant à mon père, ses cendres baignent dans l'océan qui nous borde alors notre enfant le verra souvent. Pour ce qui est de ma génitrice et de sa famille, mon cousin, ou plutôt mon oncle, sera le seul témoin qu'ils ont existé. Je ne veux rien avoir à faire avec eux et Lucas veille à ce qu'ils ne m'approchent pas.

Penser à lui me fait penser à Stecy et je me demande ce qu'il en est de leur relation.

— Est-ce que ta sœur t'a parlé de Lucas ?

— Pas plus que d'habitude, non. Je pense qu'elle se confiera plutôt à toi. J'adore Stecy mais je n'ai pas envie de savoir ce qu'elle fait avec ton cousin.

Sa mine dégoûtée me fait sourire. Je le chevauche alors, taquine, et approche mon visage du sien.

— Même si mon petit doigt me dit qu'ils n'en sont pas encore là, je tiens à te signaler que cela n'a rien de répugnant.

— C'est ma sœur, dit-il, partagé entre une discussion qui lui déplaît et un désir nouveau provoqué par ma position.

— Mais c'est quand même naturel.

Je viens embrasser son cou et je frotte mon bassin contre le sien. Il sent mon ventre contre lui et je sais que c'est la raison pour laquelle il soupire d'aise, comme s'il sentait le petit être en moi.

— Ne parlons plus de Stecy, dit-il en m'embrassant. Ne parlons plus tout court.

Il dévore mes lèvres et je sens contre mon intimité l'effet que je lui fais. J'aime qu'un simple baiser puisse le mettre dans cet état. J'en suis même ravie car il a cette même emprise sur moi et je suis toujours rassurée de constater que le sentiment est réciproque. Je suis aussi enchantée que ma grossesse ne l'empêche pas de me désirer. Au contraire, il m'a un jour confié trouver cela assez excitant. Il avait l'air gêné par ce constat mais je l'ai vite rassuré en lui expliquant que cela tombait bien car j'avais encore plus envie de lui qu'en temps normal.

Impatiente, je lui retire son haut à la hâte. J'ai quelques difficultés à cause de sa coupe qui moule parfaitement le corps d'Ethan mais rend le retrait délicat.

— Tu ne remettras plus jamais ce haut. Et puis, pourquoi tu portes encore des manches longues alors que l'été est là. Toi qui as toujours chaud.

Son sourire combiné à son silence me laisse perplexe et, lorsque je remarque le nouvel encrage sur sa peau, je m'arrête net. Je connais le corps d'Ethan par cœur alors je n'aurais pas pu passer à côté de ce nouveau tatouage, sur son poignet gauche. Je trace du bout des doigts le lys qui s'y dessine, mon bracelet si précieux caressant sa peau dans le mouvement, et je lève un regard interrogateur sur lui.

— Tu sais comment on dit « lys » en anglais ?

— Lily…

— Ce bébé sera une magnifique Lily, tu ne penses pas ? Aussi belle que sa mère, aussi majestueuse que la rose que tu es.

Je suis tellement émue que j'en tremble. Je crois que ma grossesse me rend encore plus sensible que d'habitude mais mon petit ami n'aide pas. Ethan se fait tatouer tous les ans, avant chaque été. Il grave sur sa peau l'élément le plus important de l'année qui vient de s'écouler, et cette fois, c'est notre enfant. Je l'aime tellement pour cet amour dont il fait preuve que je ne parviens pas à lui résister. Je me fiche bien qu'il ait déjà choisi un prénom, de toute façon celui-ci est magnifique. Tout ce que je vois, c'est qu'il aime déjà assez notre enfant pour le marquer à vie sur sa peau hâlée. Et moi, je suis amoureuse de son amour.

Je mets quelques minutes avant de me reprendre et quand la réalité me frappe, je me mets à rire doucement sans cesser de tracer les contours du lys.

— Ethan, si on a un garçon, je refuse de l'appeler Lily.

— Ne t'inquiète pas, ce sera une fille.

Il a l'air tellement convaincu que je ne peux m'empêcher de sourire. J'aime cette joie et cette candeur si opposées au physique de mon amant, j'aime l'amour qui déborde de ses yeux comme l'eau de l'océan, j'aime tout d'Ethan.

— Et si c'est un garçon, dit-il au creux de mon oreille, alors nous recommencerons jusqu'à avoir notre Lily.

Il embrasse mon cou et remonte jusqu'à mes lèvres.

— On devrait s'entraîner, juste au cas où. Tu en penses quoi ?

— J'en pense que tu as parfaitement raison.

Alors nous faisons l'amour, avec tendresse, avec passion, avec considération. Je n'ai pas besoin d'entraînement pour aimer Ethan, pas plus que lui pour m'aimer, c'est ce que nous faisons le mieux.

Découvrez dès maintenant un extrait du spin-off consacré à Stecy et Lucas !

PROLOGUE

STECY

— *Lâche-moi !*

Je suis bloquée. Son corps m'écrase et, même lorsque mes dents se plantent dans sa main, il ne bouge pas d'un pouce. Il m'étouffe presque et relâche la pression seulement quand il voit mes yeux se révulser. J'ai peur de mourir, peur qu'il finisse par me tuer réellement à force de jouer à faire semblant. Si j'étais moins bête et un peu plus forte, je pourrais m'enfuir et ne plus jamais revenir. Je pourrais même porter plainte. Mais je suis faible, je suis incapable de lui résister et chaque fois qu'il m'appelle, j'accoure comme une petite chienne. Certains penseront que je l'aime, la vérité c'est que j'ai bien trop peur qu'il me retrouve et me blesse encore plus si je désobéis.

Ses doigts s'immiscent sous la soie de ma culotte, me griffant le ventre dans ce geste brutal. Je ne veux pas qu'il me touche ici, pas encore. Chaque fois qu'il le fait, je perds toute estime de moi.

— *Non, non, non ! Arrête !*

Je me réveille en sueur, le souffle court et le cœur en pleine course. Les draps sont humides en dessous de moi, et pas seulement de ma transpiration. Comme ce jour-là, la peur m'a fait perdre le contrôle de ma vessie. Je fonds en larmes, honteuse, et je cache mon visage dans mes bras. J'ai besoin d'Ethan, son contact et sa voix sont mon seul réconfort après un cauchemar, mais je ne veux pas l'arracher aux bras de Rose alors que la future Lily la malmène de l'intérieur. Je dois apprendre à me débrouiller sans mon frère, je dois aller de l'avant et cesser d'avoir peur du passé. Il ne me fera plus jamais de mal, c'est terminé, je suis sauvée. Ethan a fait le nécessaire et il ne me trouvera pas ici, si loin de la capitale.

« Même si la nuit est noire, le jour se lève chaque matin, il faut garder espoir. » Je me répète en boucle ce mantra, en espérant qu'il me sauvera parce que s'il ne le fait pas, si je ne m'en sors pas, je perdrai tout espoir d'être heureuse un jour. Aujourd'hui, je ne suis plus seule et bientôt j'aurais une nièce qui comptera sur moi, je dois être forte, pour elle, pour moi… et pour Lucas. Parce que tant que je ne serai pas stable, je n'aurai aucune chance avec lui. Son existence est aussi retournée que la mienne et il a besoin d'une personne bien dans sa tête pour l'épauler, pas d'une demi-femme comme moi. Pour Lucas. Je dois le faire, vite, avant qu'une autre prenne la place que je convoite tant.

Note de l'auteur

J'ai beaucoup de souvenirs de Lacanau. Le camping en famille quand j'étais enfant, la salle de jeu et les buveries quand j'étais adolescente, les sorties en boîte, les après-midis avec les amies et parfois même les soirées dont une où nous avons vu un homme-cailloux ! Une drôle de nuit que celle-ci… Lacanau-Océan est cher à mon cœur et si ce lieu ne sera jamais plus ce qu'il était (parce que le monde change, c'est ainsi), il restera toujours gravé positivement en moi. Je vous recommande vivement cet endroit pour des vacances estivales et même hors saison, sachez que le paysage est agréable.

Je vous remercie d'avoir lu ce roman et si vous l'avez apprécié, n'hésitez pas à laisser un avis sur le site où vous l'avez acheté ou sur les différentes plateformes auxquelles vous êtes peut-être inscrits *(Livraddict, Babelio, Booknode, Goodreads...)* Cela me sera très utile et je vous en serai extrêmement reconnaissante !

N'hésitez pas non plus à me retrouver sur mon site : www.erikaboyer.com

Je vous dis merci et à très bientôt !

Le langage des fleurs

J'ai mentionné différentes fleurs dans ce roman et vous vous êtes peut-être dit que je les avais choisies de manière aléatoire ou en fonction de mes propres goûts. Mais, en réalité, elles ont toutes été sélectionnées avec attention en fonction de la saison où on les trouve et selon leur signification que vous pouvez découvrir ci-dessous :

Magnolia (chapitre 1) : *« Force de la nature, le magnolia assure respect et fidélité dans la durée. »*
Lavande (chapitre 3) : *« Avec ses essences positives, la lavande exprime la plénitude et la protection. »*
Pivoine (chapitre 7) : *« Généreuse, la pivoine exprime un désir de protection et de fidélité. »*
Rose rouge (chapitre 13) : *« Symbole de la passion, la rose rouge invite clairement à l'érotisme. »*
Géranium (chapitre 15) : *« Le géranium permet de demander élégamment une permission. »*
Hibiscus (chapitre 22) : *« Délicat et subtil, l'hibiscus lance une invitation qui ne saurait être refusée. »*
Œillet (chapitre 23) : *« L'œillet valide une relation marquée par la sincérité et la durée. »*

Souci (chapitre 29) : *« Depuis l'Antiquité, le souci est associé à la douleur et au chagrin. »*
Violette (chapitre 35) : *« Discrète, la violette rassure qu'un secret est bien gardé. »*

© Interflora

Remerciements

C'est la deuxième fois que j'écris une histoire où un parent est décédé tandis que le second est indifférent à son enfant. On pourrait penser qu'il s'agit de vécu mais ce n'est absolument pas le cas. Que les choses soient claires, j'ai les parents les plus aimants du monde ! Et je vais donc commencer par les remercier, eux, pour leur immense amour et leur soutien éternel. Merci à ma mère, qui porte le nom d'une très jolie fleur (que j'ai choisi de mentionner en dernier, pour la symbolique), et à mon père, qui la protège des intempéries sans l'empêcher de prendre le soleil.

Je remercie sincèrement mon amie Pauline qui a été la première lectrice de ce second roman et qui a montré un enthousiasme vraiment encourageant. J'avais peur de faire fausse route, d'être en train de me planter lamentablement, mais son impatience à l'attente d'un nouveau chapitre m'a beaucoup encouragée et m'a donné confiance en moi. Merci du fond du cœur.

Merci à Caroline qui s'excuse de ne pas me corriger assez vite alors qu'elle n'est même pas payée pour son dur travail… Ne t'excuse pas, c'est moi qui suis désolée de t'en demander autant ! Je te suis vraiment reconnaissante pour cette aide inestimable.

Merci à Eléonore d'avoir créé cette magnifique couverture. Tu as des mains magiques, tu arrives à faire vivre mes pensées et je ne saurais jamais assez t'exprimer mon admiration et ma reconnaissance.

Je tiens également à remercier mes amies et bêta-lectrices : Marion, Nadège, Alice, Samantha (pardon d'avoir créé un personnage un brin détestable avec ton si joli prénom), Sarah, Julie, Emilie, Audrey et Ouidad qui ont fait partie des premières lectrices. Puis, merci à Mélissa et ses remarques qui m'ont incitée à lire une énième fois le manuscrit et à y ajouter de nombreuses choses. (Au grand désespoir de Caroline qui a encore dû corriger.) Merci à Aurélie et Fiona qui ont lu la version définitive en avant-première et m'ont donné leur avis. Merci également à toutes les personnes qui ont accepté de recevoir et de lire mon manuscrit avant sa publication afin d'en écrire une chronique objective, vos mots me sont précieux. Je vous suis reconnaissante de prendre le temps de me lire, vous n'imaginez pas l'importance que cela a pour moi.

Merci à tous les artistes qui m'inspirent au quotidien et qui sont des modèles pour moi avec encore cette mention spéciale pour Harry et Jonghyun.

Enfin, merci à toutes les personnes qui m'entourent, me soutiennent ou m'apportent simplement de la joie. Mon conjoint, ma famille, mes amis humains, mes amis à quatre pattes, vous, inconnus mais aussi lecteurs… un grand merci à tous. Je ne suis rien sans vous !

Découvrez sans plus attendre mon premier roman :

Pardon, *sorti le 8 novembre 2016*

Tandis que le monde évolue et que la jeunesse fait preuve d'une plus grande ouverture d'esprit qu'avant, il reste tout de même des sujets dont il ne faut pas parler, des tabous qui ne sont pas prêts à être brisés. Mais quand l'inceste cache un amour inconditionnel, que deux âmes ont simplement eu la malchance de ne pas naître dans les bons corps, n'est-il pas envisageable d'accepter l'inacceptable ?

Will ne prendra pas le risque, il préférera partir à 600 km de sa sœur plutôt que de potentiellement l'entraîner dans sa déchéance. Reste à savoir si « loin des yeux, loin du cœur » est une réalité ou bien un proverbe menteur, et si Sarah acceptera de perdre son frère dans ce sacrifice amoureux.

À télécharger gratuitement
http://www.lulu.com/shop/erika-boyer/pardon/ebook/product-22974139.html

* 725866-996694 *   30